无尽的怀念

潘琦 著

接力出版社
Publishing House

图书在版编目（CIP）数据
无尽的怀念 / 潘琦著. -- 南宁 : 接力出版社,
2025. 1. -- ISBN 978-7-5448-8956-8
Ⅰ. I267
中国国家版本馆CIP数据核字第2024QZ5676号

无尽的怀念
WUJIN DE HUAINIAN

责任编辑：丁淑文　装帧设计：崔欣晔
责任校对：阮萍　责任监印：刘冬
出版人：白冰　雷鸣
出版发行：接力出版社　社址：广西南宁市园湖南路9号　邮编：530022
电话：010-65546561（发行部）　传真：010-65545210（发行部）
网址：http://www.jielibj.com　电子邮箱：jieli@jielibook.com
经销：新华书店　印制：北京瑞禾彩色印刷有限公司
开本：889毫米×1194毫米　1/32　印张：10　字数：189千字
版次：2025年1月第1版　印次：2025年1月第1次印刷
定价：65.00元

自序

此书所收，是几十年来写的怀念逝者的作品，除了《他与纳合村的故事——怀念农民作家谢树强》一篇，其余都在报刊上发表过。

以个人的经历与情感而言，这些作品都是用眼泪“流”出来的。作品分为三辑。第一辑“景行行止”，怀念逝去的前辈，他们是德高望重的专家、学者、艺术家，是我成长的领路人、成功的助力者、仕途的伯乐、学问的导师、品行的楷模。他们的仙逝，令我万分悲痛。我带着感恩之心、感激之情，著文缅怀先贤。第二辑“流水高山”，怀念逝去的文友、学友、挚友。在人生的旅途中，我与他们相识、相知、相交，建立起深厚真挚的友情。没有他们的相助，我不会有工作、事业上的进步和文学艺术上的成就。岁月不停地流逝，友人的背影永远不会消失。对于永别的他们，我只能著文深情怀念。第三辑“寸草春晖”，怀念我逝世的亲人。因为骨肉相连，所以，失去亲人，悲痛欲绝。尽管这些亲人没有创造过辉煌，但他们一生中所经历的酸甜苦辣，都是我生命中特有的财富。我常化悲痛为力量，怀念他们生命中闪现过的灿烂，怀念他们平凡中的真实质朴，怀念他们渺小中的崇高和伟大。

泪水是悲与苦酿成的汁液，是心底的情绪和情感的真实流露。这些悼念文章都是我万分悲痛之时，含着泪水一气呵成的，字里行间浸透着我沉痛的哀思，故其文字之不美，词语欠雕琢，自不待言。这些文字又非平常写的散文、游记，写景状物，所以更谈不上深远的意境。本书中我的文章，不计工拙，不论长短，只当是祭文，愿逝者在九泉之下安息！

最后，要特别感谢接力出版社同仁的关心、关注与关照，感谢编辑们的精心编辑和审校人员的认真审校。感谢广西桂学研究会同仁的厚意和帮助。大家的付出才使这本书能够顺利印行。

是为序。

潘　琦

二〇二三年国庆节于南宁绿城

目录

景行行止

流水高山

寸草春晖

景行行止

高山景行，笃志经学

——怀念广西籍著名史学家罗尔纲

在广西历史的长河中，也和其他地域一样涌现了许多仁人先贤，他们也是中国历史上有贡献的人物。他们超人的智慧、深邃的思想、感人的事迹、丰硕的著作流传千古，至今仍然鼓舞着人们，激励着人们。罗尔纲先生便是近现代在国内外享有盛名的广西籍历史学家、太平天国史研究的奠基人。

罗尔纲先生，1901年出生于广西贵县（今贵港市辖区）的一个书香之家。他自幼好学，熟读诗书。1924年他就远离家乡独自到上海求学。从穷乡僻壤来到十里洋场，他一直保持着“土包子”的形象，终日与书做伴，视求知为人生第一乐事。1930年他毕业于中国公学大学部文学系，因成绩名列全校前五名，得到了校内的奖学金。

毕业后，他受中国公学校长胡适之聘，整理其父遗稿。1934年春，他再次赴京。当时有两个职务供他选择：一是中华教育文化基金会的文书，工作较清闲，两年后即可由该会保送去美国留学；二是北京大学文科研究所助理，工作极繁重。罗先生认为前者不是学术工作，不愿干，欣然选择了后者，后又转到中央研究院社会科学研究所从事研究工作。新中国成立后，他参与筹办南京太平天国起义百年纪念展览会，主持南京太平天国史料编纂委员会的工作，筹建太平天国历史博物馆。1958 年他加入了中国共产党，是第二届、第三届全国人大代表，第二届、第五届全国政协委员，曾担任北京太平天国历史研究会顾问、南京太平天国史学会名誉会长、广西历史学会及太平天国历史研究会顾问等。1997 年 5 月 25 日，罗尔纲先生在北京逝世，享年 97 岁。

事业是人生不朽的丰碑。凡是留下英名的人，都曾创造过辉煌的业绩。罗先生是中国学术界著名的金石学、校勘学和文博学兼擅的史学家，不仅在太平天国史研究方面有卓越成就，而且在考据学、金石学、文字训诂、文学史、军事史等方面都做出了重要的贡献。

20 世纪 30 年代初，罗先生开始涉足太平天国史的研究。1933 年，他写了一部《太平天国广西起义史》，开启了他七十多年太平天国史研究的历程。1937 年，罗先生对太平天国运动从总体上给予了全面、系统、科学的论述，出版的《太平天国史纲》得到了当时史学界、评论界专家学者的高度评价，称《太平天国史纲》是比较系统地讲述这次农民起义的“第一本书”。他一生关于太平天国史的研究成果中，正式出版的著作有四十多种，约九百万字，他的著作涉及政治、经济、军事、文史、哲学、宗教、艺术、历法、书法等各个领域，既有百万言的鸿篇巨制，也有通俗的小册子。他是当代史坛著述最多的学者之一。经他搜集、整理的太平天国史料多达三千万字。这些史料，他悉心勘考，去伪存真，多数编辑成册出版。史料涉及面广、层次多、内容丰富、经纬交织，便于构成太平天国史学研究的完整体系，为太平天国史研究提供了重要依据。史学界专家认为，在太平天国研究领域，罗尔纲先生是研究时间最长、用力最多、著述最丰、贡献最大的一位集大成者和奠基人，是中国乃至全世界研究太平天国历史的最杰出者！

罗先生是从半封建半殖民地社会过来的人，亲身经历过旧中国的苦难。他读中学时就参加青年学生反对军阀和土豪劣绅的斗争，在上海参加了五卅爱国运动，并在《民国日报》发表多篇政治论文和诗词。新中国成立后，他毅然加入中国共产党。有人问他为什么申请入党，他说："我长期研究中国近代史，又是旧社会过来人。我深切体会到，只有中国共产党才能领导人民取得反帝反封建民主革命的彻底胜利！新中国成立后，党为我的学术研究提供了良好条件。在社会主义制度下，同行相亲，群策群力，从而使人尽其才，大有作为。这是我积极争取入党的根本原因。"这是多么质朴的语言、真挚的情感！言语间，不难看出罗先生的一片爱党爱国之心，感恩之情。

信仰是人的精神寄托，有坚定信仰的人能表现出伟大的智慧和胆识。罗先生一生从事史学研究，他信仰马克思主义，坚持用马克思主义作为研究工作的指导，他说，从事学术研究不能不以先进的世界观和方法论为指导。1953 年，他对在浙江绍兴发现的二十多处太平天国壁画进行考察鉴定时，由于受形而上学、非此即彼的思维方法的影响，对五花八门的表面现象感到困惑难解，一时难以做出科学的客观判断。后来他认真学习了马克思主义，用马克思主义矛盾对立和发展变化的观点去分析看待问题，才恍然大悟，很多棘手的难题迎刃而解。经过七年边学习、边检查、边改写旧作和对新问题的实践，他做出了科学的鉴定：他认为原来的龙凤壁画是太平天国的真迹，但太平军退出绍兴后，有人在壁画遗迹上增绘了与太平天国信仰相符的图画，所以绍兴的壁画为真假并存的太平天国壁画。真理是认识事物的工具，是人生前进的指路明灯。马克思主义照亮了罗先生史学研究的道路。

学起于思，思起于疑。罗先生从事史学研究，十分严谨，一丝不苟。他对治学的任何环节都非常认真、细致、诚实，从不马虎从事，坚持科学、务实的态度。他常说，只有老实人，才配当史学家。关于太平天国金田起义的日期，史学界长期争论不休。罗先生在半个世纪内始终考证不辍，所得出的客观结论为大多数专家学者所信服。为了弄清楚天历与阳历、阴历的对照关系，他前后花费了四十二年时间，终于得出总结性的定论。《李秀成自述原稿注》是一部不朽之力作，他用了四十九年时间才完成。对太平天国政体问题的独特性质，罗先生平时总挂在心中，经常思索，反复推敲，经过三十年的深思苦虑，才有所顿悟，提出了突破性的新见解。

对史料他从来都十分认真而慎重地对待，首先从辨别史料的真实性入手，从中可以发现一些问题，这些问题解决了，史料的真实性也就得到确认。吴晗这样评价罗先生："尔纲在朋友中是最忠厚笃实的一个，可是在著作中所表现的却是一个不安分的打破砂锅问到底的人。他不肯轻信，也不肯武断地否认一切记载的可靠性。"1956年，有人把李秀成的多种笔迹送司法部门法医研究所做鉴定，认为不是同一个人所写的笔迹，从而断定《李秀成自述原稿》并非李秀成所写。一位精通书法的金石学家也认为不是同一人的手笔，劝罗先生放弃笔迹皆出自李秀成的论点。罗先生难以认同，为此，他下苦功钻研我国古代书法著作，学懂了书法八法，写出《笔迹鉴定的有效性与限制性举例》一文，确证《李秀成自述原稿》并非赝品。后来他深有体会地说："我研究太平天国史，首先是做辨伪、考信的工作。做这种工作，必须忍耐、小心、一丝不苟，必须打破砂锅问到底。这个应该说是我一生工作的基本功。”

乐于接受批评的人，心底可以始终保持清澈。罗先生在中国史学界堪称权威，但他是一个乐于接受批评、勇于承认错误、欣然改正错误的学者。1955年，中华书局编辑曾次亮先生指出罗先生《太平天国史稿·天历志》中“错前一日的假定”不合理。罗先生恍然大悟，非常高兴地说：“这真是一件大快事！”1983年，著名历史学家祁龙威指出罗先生的《李秀成自述原稿注》“小有疵病”，“对个别新资料尚未引用”。罗先生当面向祁龙威道谢：“你帮助我知道了原来不知道的事情。”1984年，安徽社会科学院历史研究所青年研究员徐川一撰文指出罗先生《太平天国史稿·科举志》中断言“太平天国举行科举考试始自辛开元年在广西永安州”的说法与史实不符。罗先生读后深感自愧，虚心地说：我所著述若有纰漏都会贻误读者，表示深深歉意。他毫不踌躇地撰文订误，并恳切地给《安徽史学》编辑部写信说：“徐川一同志在他的大著上指出我的错误，好似和风煦日一般的温暖，使我读后心旷神怡。请加编者按语，以我为‘的’，论著者承认错误是对人民负责的应有态度，为百家争鸣提倡一种好风气。”一位名家巨匠，能有如此博大胸怀，成为当时史坛上的美谈佳话。

成功的奥秘在勤奋。罗先生在史学研究，特别是在太平天国史的研究方面取得的丰硕成果，来自他的勤奋。1950 年，他受命参与筹备纪念太平天国起义 100 周年和筹建南京太平天国历史博物馆的工作，并主持太平天国史料编纂委员会的工作。当时国家财政困难，他白手起家，全身心投入，调查史迹，发掘文物，搜集文献资料。无论是寒冬还是酷暑，他和同事们不辞劳苦，深入江、浙、皖等许多地方，既调查搜集资料，又宣传唤起群众对太平天国文物、史迹的重视与保护。罗先生和助手一起对南京图书馆上百万册藏书，逐册逐页地翻阅，把有关太平天国的资料，逐篇逐段逐字地摘抄下来。这种毅力与恒心是常人没有的。他还组织力量对太平天国所涉及的地方图书馆进行普查和田野调查，发掘收集资料。经过多年的努力，终于建起了太平天国历史博物馆。真可谓天下无难事，惟勤奋二字，乃成功之要诀。

在事业成功的各种因素中，个性的重要性远胜过优秀的智力。搞史学研究是一项十分严谨、刻板、细致、枯燥的工作。罗先生几十年如一日苦苦耕耘，耐得住寂寞，经得起孤独，深居简出，谨言慎为。尤其对自己的作品要求特别严格，反复修改，精益求精，不轻易发表和出版。作品问世之后，他依然孜孜不倦地探索，一旦发现有新的资料和心得，便立即对旧作加以补苴，部分或全部重写。

罗先生著作中引用的每条史料、每个论点，都做到了言必有据；对有争议的问题，必追究其源，弄个水落石出；一时无法解决的便存疑待考，不草率行事。他始终坚持有一分材料说一分话，绝不强不知以为知，误己误学。他的这种治学态度、治学方法、治学精神，构成自己的基本学术风格，造就了一代史学研究大家。

谈起罗先生平淡如水的生活，诚实不欺的性格，淡泊名利的品质，人们无不肃然起敬。罗先生 20 世纪 50 年代初就是国家一级研究员，他曾为自己拿高薪而惴惴不安，主动请求降低工资。他所主持的南京太平天国史料编纂委员会出版的大量资料，主编的名字从不肯署他自己。他说："作为领导，只要全心全意为人民服务，不求名，不求利，以身作则，同志们就会团结在一起。功劳归于集体，有过错自己承担，工作就会无往而不胜。"出版社按规定付给他的稿酬，他全部交给太平天国历史博物馆作为集体福利。中国社会科学院近代史研究所每年拨给他的出差专款，他全部都用来作为该馆征集资料的费用，自己则自费出公差。他所搜集的资料和珍贵的史料，绝不私藏，而是公之于众，无私地提供给别人研究使用。他的住所也不大，工作室与卧室并用，四壁书架环立，堆满图书资料和文稿。去过他家的人都惊叹，他那鸿篇巨制、累累研究成果居然是在这窄小的空间里完成的!

罗先生到了晚年多病，亲朋好友劝他保重身体，注意休息，不要熬夜，颐养天年。他却说，属于我的时间不多了，还有件事情没做完，就是有生之年要竭尽全力培养学术研究事业的后继人才。因此，无论是向他登门请教，还是书面求教，他都有求必应，有问必答，热情指导，不厌其烦。南京太平天国历史博物馆有个年轻人问罗先生学习太平天国史要看些什么书，要掌握哪些第一手资料，罗先生都一一指点。有的问题没时间面谈，罗先生会交给他几张纸片，上面是对他所提问题的书面答复。后来这个年轻人成了颇有成就的学者。桂林博物馆有位女馆员与罗先生素昧平生，她把自己的第一篇习作寄给罗先生求教，罗先生在酷暑中满腔热情地给她写了十条详细的意见，并特地给她复印了三十多页资料，装订成册，寄送她参阅。在人们心目中，罗先生是一位中外闻名的大学者，也是一位对社会、对生活充满激情，宽厚待人，很有人情味的慈祥老者。

高山景行，笃志经学。罗尔纲先生从事史学研究、太平天国史研究历时七十多年，他严谨治学，悉心勘考，勤于著述，成果丰硕，用真才实学确立了一代宗师的地位。他不仅学识渊博，而且为人笃诚质朴，和蔼可亲，特别是对晚辈，诲人不倦，以诚相待。罗老先生给我们留下丰硕的研究成果和不朽的著作，留下崇高的道德情操，这是一笔无比珍贵的精神财富，作为广西人应该为此感到无比骄傲和自豪。新时代正向我们呼唤，向我们招手，我们要继承罗老先生开拓进取的勇气，严谨治学的风格，顽强拼搏的毅力，艰苦朴素的品质，推进文化自信自强，铸就广西各民族文化新辉煌。

先生之风，山高水长

——怀念历史学家罗尔纲

我国著名历史学家、太平天国史研究的奠基人、广西各族人民的好儿子罗尔纲同志与世长辞，我们心里万分悲痛。我和所有熟悉罗老的同志们一道，满怀崇敬的心情，深切缅怀他对我国历史尤其是太平天国史研究所做出的卓越贡献以及他爱国敬业、追求真理、淡泊名利、诚实谦逊的崇高品格。

罗尔纲同志1901年出生于广西贵县（今贵港市）贵城镇一个书香之家，1930年毕业于中国公学大学部中文系，之后在北京大学文科研究所、中央研究院社会科学研究所从事研究工作，并兼任中央大学历史系教授。新中国成立后，他任中国科学院经济研究所研究员，后调入中国社会科学院近代史研究所，任一级研究员。罗老于1958年加入中国共产党，先后当选贵县、南京市、江苏省人大代表，第二、三届全国人大代表，第二、五届全国政协委员。

罗老毕生致力于学术研究，特别是对太平天国史的研究。他早年师从胡适，深受乾嘉考据学的熏陶，考据、辨伪、校勘、订谬功底深厚。20 世纪 30 年代初，他从张嘉祥传记的辨误考据入手，开始了对太平天国史辨伪求真、编纂著述的工作。他治学严谨、一丝不苟，对自己的要求甚至达到了苛刻的地步。据有关同志回忆，罗老就金田起义的日期，在半个世纪内考证不辍。为弄清天历为何比夏历提早一日，他花了四十二年的时间艰苦探索。为写《李秀成自述原稿注》这部力作，他更是倾注心血，“从青春到白发，前后四十九年”。解放后，他开始认识到乾嘉考据方法的不足，他认真学习马克思主义，“经过七年的一边学习，一边检查，一边改写旧作和对新问题研究的实践……深切地知道做考据工作必须以马克思主义为指导”。但他没有把马克思主义当教条，生搬硬套，而是力图以马克思主义的立场、观点和方法去考据史实，做出正确的结论。他对浙江绍兴太平天国壁画的考察鉴定，就摆脱了“形而上学‘是则是，否则否’地看问题的思维方法”，以马克思主义为指导，“在矛盾对立之中探寻得出历史的真相”，由于掌握了科学的世界观和方法论，他的学术研究取得了非凡的成就。

罗老一生艰苦追求，勤奋耕耘，在学术上取得了丰硕的成果。自 1926 年发表太平天国史研究处女作《石达开故居》始，他先后完成并出版了学术专著四十多种，发表论文四百余篇，计约七百万字。他 1937 年出版的《太平天国史纲》，是最早全面系统地介绍太平天国运动的专著，揭示了太平天国的革命性质，被誉为“最好的一部概论性著作”。他历时四十载、五易其稿方于 1991 年出版的一百五十万言的《太平天国史》巨著，科学地论述了太平天国的兴衰成败。这不仅是他毕生心血的结晶，也是新中国太平天国史研究历程上的一座丰碑。罗老曾主持过太平天国史展览、南京太平天国历史博物馆筹建及太平天国史料编纂等工作。通过大量的史迹调查、文物挖掘和资料搜集，他搜罗、整理和编纂的太平天国文献文物资料达两千多万字。罗老是太平天国研究的奠基人和“一代宗师”。

罗尔纲同志不仅是学术精湛的专家，更是一位品德高尚的长者。

——他追求进步、坚持真理。罗老年轻时就受到五四运动影响，并参加过五卅爱国运动，具有“向往光明、反对黑暗的政治思想”。走上治史之路后，他始终以辨伪求真、追求真理为治学原则，对学术问题他从不“意气用事”，而是崇信事实，服从真理。早年他曾因指出石达开假诗而受到不公正的对待，后又因为《李秀成辨说》而受到不公正的对待。身处逆境，但他却不随风俯仰图安宁，不改变观点求“过关”，他追求真理，坚持自己经过缜密考证而得出的正确结论。而一旦发现自己错了，他又勇于承认，乐于改正，他说：“为学要有大无畏追求真理的精神，要有承认错误的勇气。”“论著者承认错误是对人民负责的应有态度。”表现了一个马克思主义历史学家实事求是、虚怀若谷的治学精神。

——他淡泊名利、诚实谦逊。罗老当年曾“婉言谢却”了悠闲且可留洋的工作，而把“钻故纸堆”这份位低薪薄的“苦差事”作为终生职业。他一生不追求名利、不贪图享乐，他筹建太平天国历史博物馆，却坚辞馆长之职；他主持太平天国史料编纂工作，却不肯署名自己主编；他把稿费转作集体福利，把出差专款用作资料费而自掏腰包出公差。罗老的生活非常俭朴，他平日以玉米和红薯为主食，衣着乃布鞋粗衣。他从不与人在生活上计长较短，而且几十年如一日，“安贫守职”，坐得住“冷板凳”，抗得住种种干扰。他以淡泊明志，以宁静致远，表现出一个学者和长者超凡脱俗的品格。

——他待人宽厚、诲人不倦。罗老是史学界的老前辈，誉满中外的大学问家，但他从不摆专家架子，也不以权威自居。他平易近人，待人宽厚，无论年龄大小、职位高低，也不管是登门造访或来函求教，他都热情地接待或回信，而且总是有求必应，有问必答，为求教者释疑解惑，指点迷津。对青年后学，他更是表现出满腔的热忱，他爱护晚辈，奖掖后进，他常把自己喻为“清道夫”“砖瓦工”，无私地把自己的学术成果和治学经验传授给青年，希望他们“做到后来居上”。可以说，我国从事太平天国史研究的中青年学者，几乎无一不直接或间接地从这位诲人不倦的长者身上得到过教益。

罗尔纲同志是广西各族人民的好儿子。他早年曾在贵县中学任教，又兼任贵县修志局、广西通志馆编纂等职，并主持过大规模的史迹调查工作，对家乡的文教事业做出过重大贡献。解放后他虽无暇回桂，但他对家乡有着一种特殊的感情，并一直关心着家乡的建设。他担任广西历史学会、太平天国历史研究会、《太平天国史丛书》顾问等职，对家乡的学术研究尤其是太平天国史研究，给予高度的重视和不遗余力的指导。每有历史学术活动，他总能提出一些建设性的意见。一旦有研究成果出版，他更是欣然应邀作序，"为同志表达著作的甘苦和贡献"。他还经常给家乡文史界同志挥毫题词、写信复函、邮寄资料，甚至抱病接待老乡造访。1988年，为了向广西壮族自治区成立30周年献礼，他将近八十万言的《困学丛书》书稿交广西人民出版社出版，并将全部稿费捐献给贵县图书馆。他常说："一个人应该为家乡做点事。""尔纲广西贵县人，不曾为家乡稍尽绵力，耿耿此心，十分惭愧。"这朴素的语言，流露出了这位壮乡儿子的桑梓深情和拳拳忠心。

罗尔纲同志治学七十年，他以严谨的治学态度、锲而不舍的钻研精神、勇于创新的工作作风，为我国历史学特别是太平天国历史研究所做出的不可磨灭的贡献，嘉惠士林，德泽后人。罗老虽然离开了我们，但其精神不死，风范长存，其“道德文章第一流”，这是留给我们的一份宝贵遗产。我们一定要发扬罗老实事求是、精益求精的治学精神，学习他爱国敬业、追求进步、坚持真理、诚实谦逊、诲人不倦的崇高品格，刻苦学习，努力工作，为繁荣艺术，为建设社会主义物质文明和精神文明做出自己的贡献。

罗尔纲同志永垂不朽！

龙虫并雕

——纪念王力先生120周年诞辰

王力先生是广西博白县人，是中国现代语言学奠基人之一，杰出的语言学家、教育家、翻译家、散文家和诗人，在国内外久负盛名。由于我对文学的爱好，早在中学时期，就读过他的一些书，上大学后上诗词课，每当老师提到王力这个名字，我都为广西出了这么一位文化名人、语言学大师感到无比自豪。

近些年我潜心从事桂学研究，对广西在中国历史上有影响的人物做了比较系统、全面的研究和解读，对王力先生的生平事迹有了更进一步的了解。那年在修建桂学园时，我们把王力先生作为桂学代表人物，为他立了一尊铜质雕像。

几十年来我有一个习惯，当有感情想倾吐时常常求助于纸笔。我与王老先生属隔代广西人。王老先生是老前辈、客家人，我母亲是客家人，因此我和王老先生算是半个客家乡亲，可惜从未谋面。也许是对王老先生的崇拜和敬慕，总想写一篇纪念他的文章，却一直未能及时动笔。正好自治区政协《文史春秋》办纪念王力专刊，编辑部打电话跟我约稿，尽管要稿的时间很急，我还是满口答应，把手头的其他事放下完成约稿任务。

王力先生，字了一，于 1900 年 8 月 10 日出生在博白县一个普通的家庭。但他是个奇才。14 岁那年因家境贫寒辍学在家自学。24 岁独自到上海，先后入上海南方大学、上海国民大学学习。26 岁考入清华国学研究院，师从梁启超、赵元任等。1927 年赴法国留学。1932 年获巴黎大学文学博士学位后回国。回国后历任清华大学、燕京大学、广西大学、西南联合大学、广州岭南大学、中山大学等校教授，并先后兼任中国科学院哲学社会科学学部委员，中国文学改革委员会委员、副主任，中国语言学会名誉会长，全国政协第四、五、六届委员和第五、六届常务委员等职。他从事中国语言学研究逾半个多世纪，在汉语语法、音韵学、词汇学、汉语史、语言学史等领域有独到见解及诸多突破。他撰写了近一千万字的学术论著，出版专著四十多部，发表论文二百多篇，在国内外都有极其深远的影响。王力先生一生还致力于语言学教育事业，在半个世纪的教学生涯中，培养了一批批语言学专门人才，为我国语言学事业的研究与发展做出了重要的贡献！一方水土养一方人，广西自古出了不少仁人志士、文人墨客，王力先生便是杰出代表。一个能孕育丰富、充沛的文化硕果的民族，必然有丰富多彩的生活和精神昂扬的人民，从而培育出杰出的人才！历史事实增添了广西人内心深处的文化自信与自豪！

自我走上文学之路后，读过王力先生不少散文和诗歌，特别是抗战时期的诗文。他创作的诗歌和散文大都收集在《龙虫并雕斋诗集》《王力诗论》《龙虫并雕斋琐语》里。王力先生的书读起来津津有味，因为除了给人以理性的享受之外，还给人以无法言说的人生感悟与对真实生活的回味。王力先生无心当作家、做诗人，偶有所作，每臻绝唱，读了使人心悦诚服。他早年在法国曾用旧体诗翻译过《恶之花》，在译序中写道“为信诗情具别肠，平生自戒弄辞章”，他还常说“会讲格律的人自己不一定是诗人，正如同会讲运动规则的人不一定是运动健将一样”。暮年他依然感叹“自愧庸才无寸功，不图垂老受尊崇”。王力先生是一位在国内外享有很高声誉的语言学大师、散文家、诗人，曾被誉为抗战时期学者散文三大家之一。但他却如此谦逊，我们对他这种高尚品质深感敬佩！

王力先生自幼即诵读唐诗、练习书法，写了一手好字，所遗手迹，自成风格。王老书法既继承传统书法笔法工整秀丽书风，又独具学者书家精致典雅的个性。朴质而不拘谨，洒脱而有法度。据说他的讲义全用工整的蝇头小楷写成，一笔一画都是功夫，一招一式都是积累。凡爱好书法的人都知道，书写蝇头小楷是件难事，王老先生能几十年如一日坚持下来，可见功底不浅，毅力非凡。每个字里都透出他对治学和育人的敬业与刻苦。

1984 年，王老先生已 84 岁高龄，应邀回广西为桂林写下长联：

甲天下名不虚传，奇似黄山，幽如青岛，雅同赤壁，佳拟紫金，高若鹫峰，穆方牯岭，妙逾雁荡，古比虎丘。激动着倜傥豪情，志奋鲲鹏，思存霄汉，目空培塿，胸涤尘埃，心旷神怡消块垒；

冠寰球人皆向往，振衣独秀，探隐七星，寄傲伏波，放歌叠彩，泛舟象鼻，品茗月牙，赏雨花桥，赋诗芦笛。引起了联翩遐想，农甘陇亩，士乐缥缃，工展宏图，商操胜算，河清海晏庆升平。

此联后在《北京日报》登载，得到众多学术和楹联书法界的学者书家的好评。桂林市园林部门用木料精工雕刻，置于七星公园月牙山小广寒楼门前廊柱上。凡看过这副长联的人，都赞不绝口。长联把桂林的自然景观和今日之风貌赞美得淋漓尽致。上下联不论内容、词句、韵律、对仗都非常工整，书法远看清丽而大方，近赏潇洒而自然。从中不难看出王力先生在诗词、书法和楹联方面深厚的功底，也体现出他对家乡的深爱之心、怀念之情。这是他留给家乡的珍贵文化遗产。乡梓之爱，人皆有之。王力先生对广西的深深情怀多流于生机勃勃的汉字之中，写了不少佳作诗篇。乡愁是中国文化最深厚也最动人的一部分，甚至可以说是中国文化的根。王力先生的一些作品，表现出一种久远的乡愁和不衰的传统文化魅力，值得我们每个广西人敬畏与学习。

鲁迅先生说过，什么是路？就是从没有路的地方践踏出来的，从只有荆棘的地方开辟出来的。王力先生是一个从广西走出来的年轻人，后来能走进世界语言学金碧辉煌的学术殿堂，成为一代宗师，这并非一日之功，一蹴而就，而是他艰苦奋斗，刻苦钻研，勇敢攀登，不懈追求的结果。早期他为养家糊口，长年在外乡教书，后来到外地求学都省吃俭用。1927 年他去法国留学，由于是自费留学，加上家底并不殷实，在巴黎面临着生存问题。后在恩师和朋友的大力推荐和帮助下，他为出版社翻译，给杂志社撰稿，卖文稿换钱，走上一条勤工俭学之路。可以说，王力先生是依靠著书的稿酬，支付留法的费用，年内商务印书馆出版了他十二部译作。据有关统计资料介绍，王力先生在商务印书馆出的译作达十七种之多。也正因他译作之高产，成为 20 世纪 30 年代著名的文学翻译家。文学翻译只是他的副业，但其语言学研究的主业并没有荒废。他以惊人的毅力和才智，于 1932 年顺利地拿到博士学位。

王力先生刻苦钻研学术的韧劲，在学术界是出了名的。对时间他是分秒必惜，生活节奏明快紧凑，但又从容不迫。每天只要没有学术活动，他就一头钻进书房伏案笔耕，持续工作十多个小时。有学生问他，为什么有那么多鸿篇巨制，他毫不犹豫地回答：“对我来说，与其说是天才，不如说是勤奋造就学问。”世上没有多少不懒惰的人，那些勤奋的人，都是靠意志的力量在推动自己。王力先生的一生，是奋斗的一生，奉献的一生，成功的一生！

耄耋之年，王老先生依然宝刀不老，佳作频出。他照旧每天坚持工作，不停地思考，不停地写作。1983 年 5 月，王老已 83 岁高龄，中华书局约请他编写一部《古代汉语字典》，他很乐意地接受了。每天他坚持用毛笔在八开稿纸上字斟句酌，开始每天能写两三千字，后来因患了白内障，只能借助高倍放大镜，才能写上一千来字。他常对身边的人说，暮年逢盛世，人生大快意事。说还有好多书要写，可以再出一百本书，真想多活几年啊！还写诗自勉：“漫道古稀加十岁，还将余勇写新篇。”每个人都愿意长寿，可惜岁月不饶人。王老先生把毕生的精力献给了国家和民族的文化事业，直到生命最后一息。他的一生体现了中华民族一代文化精英勇于担当，敢于探索，乐于奉献的历史使命感和社会责任感！他们的精神、气度和胸怀，将立之当世，传之后人，永远激励中华儿女去开创中华民族更加辉煌的明天!

王力先生1986年5月在北京病逝。他临终前嘱咐子女“要为国家，为民族做一些有益的事情”，“要把为人类造福当作最大的乐事，最大的幸福”。王力先生毕生致力于知识创造，以别开生面的研究，用永无止步的创造力，用严谨的治学态度和端正的学风，铸造了一座令人无比敬仰的学术丰碑，最终撑起了一片属于自己的蓝天。一个人要实现自己的生命价值，在于突破局限进行超越，而这不仅仅需要追求的勇气，更需要的则是智慧。今天我们纪念王力先生，就要学习他这种无私无畏的创造精神和在学术追求上坚韧不拔的精神，从平凡中发现伟大，在质朴中发现崇高，在荒野中寻觅珍贵。像他一样，为国家和民族积极进取，淡泊名利，以勇于开拓的志气、勇气、灵气和锐气，为实现中华民族的伟大复兴做出更多贡献!

高山仰止

——贺壮族作家陆地同志八十寿辰

今天，我们文学界的朋友们欢聚一堂，为中国文学界的老前辈、早期革命文艺战士、广西现代文学创始人之一、我国著名壮族作家、广西壮族自治区党委宣传部老领导陆地同志举行贺八十寿辰暨六十年文艺生涯座谈会，具有特殊的意义。为陆老祝寿是全区文学艺术界同志们、朋友们的心愿，大家衷心祝愿陆老健康长寿；为陆老过生日，是为了总结陆老人生旅途和文学事业成功的经验，回顾取得的卓越成就和重大贡献，对后人是一种启迪、教育和引导；为陆老过生日，是为了宣传、发扬陆老为文学事业六十年如一日艰苦奋斗的精神，激励广大作家特别是青年作家奋勇前进；为陆老过生日，是为了使我们文学艺术界的朋友们从老一辈作家身上学到书本上学不到的东西，感受日常生活中感受不到的情感，体味别的人物身上体味不到的品德。正因为如此，我首先以一个少数民族文学爱好者的身份，祝陆老生日快乐，健康长寿！

陆老，我是很早就从他的作品中认识他的，但只是见其文不见其人，对他的了解是知之不多，或者基本不知。参加工作之后，特别是进入广西文学艺术圈之后，我逐步加深了对陆地同志的了解。以后我两度进自治区宣传部工作，在工作之中，我与陆地同志有所交往、接触，进一步了解了他。可以这样说，陆老是文如其人，人如其文，达到了为人、为文的最高境界。

陆老对革命事业忠心耿耿，有不平常的奉献精神、责任感和使命感，体现了一个真正的布尔什维克高尚的革命情操和坚定的革命信念。作为中国的文艺战士、著名作家，陆地同志无疑对中国的文学事业，特别是为广西的文学事业做出了许多卓有成效的贡献。在他的《美丽的南方》受到批判的时候，他说，你们批判《美丽的南方》，但我坚信南方永远是美丽的。无论面对怎样的困难时期，怎样的艰苦环境，他都没有动摇信念。他从无所求，只是全身心地为真理、为理想而奋斗，就是遭受误解也无怨言。他从不向组织论贡献、讨价钱、要照顾，这是一个老共产党员的高尚品质！

陆老胸怀坦荡，公正，厚道，待人真诚。像陆老这样的老同志、老作家，广西极少，在全国也是排得上号的，说起话来，比较有分量，但他从不以此来对人、对事。在与他的接触中，我感到他是一位长者、老师，又是一位同志、朋友。回宣传部工作后，每次去拜年走访，或召开离退休老同志座谈会，陆老的话语都很真诚、很到位，从不乱批评，就是有什么问题，也是直接、公正地提出，使同志们听了之后感到是一种鞭策，其中有鼓励，也有压力。

陆老对文学事业孜孜不倦，潜心追求，始终怀着强烈的事业心，为之艰苦奋斗。不管是青年时期、中年时期，还是离休之后，他都在为文学事业苦苦地耕耘，六十年如一日。早年参加革命，他就凭借自己的文学功底，在延安时便写出了很有影响的作品。他的《故人》在当时轰动了解放区。之后在长期的战争年代，他用自己的作品鼓舞人民团结一致去战胜困难，战胜敌人。解放后，他的创作又进入一个新的高潮期，从《美丽的南方》到《瀑布》都在全国有很大的影响，奠定了广西长篇小说的基础，功不可没。他后期的一些散文作品也属精品佳作。我们为广西拥有这样的作家而骄傲。

陆老淡泊名利，他为政清廉，为文清廉，为人清廉。陆地同志很少谈自己，摆自己，炫耀自己。作为一名党的领导干部，他从不以权谋私；作为一位作家，他从不以文谋私；作为一个名人，他从不以自己的名望谋私。这是他德高望重的重要原因。人的威望主要有三点：职务威望，知识威望，人格威望。第一点是暂时的，第二、第三点是永恒的。陆地同志的高尚品德与某些人在市场经济条件下所表现出来的以权谋私、以文谋私、以名谋私的道德水平形成强烈的反差。我们向陆地同志祝寿，就是应当从他身上学习这些品德。

陆老非常关心广西文学队伍的建设，特别关心文学青年的成长。他经常过问广西文坛新人的成长，对有求于他的年轻人，他从不拒绝，都是耐心地教导、具体地指导，在思想问题上耐心地开导。我们每次召开文学会议，只要身体允许，他都出席，并做具体指导，但他从来不干预一线同志的工作。看到广西文坛活跃起来，他由衷地高兴，表现出一个老作家的心胸和情怀。我们希望陆老一如既往地关心广西文学队伍的成长，为广西文学事业的兴旺发达发挥余热！

在新的历史时期，文学艺术事业面临着很多新情况、新问题、新挑战。我们要在改造客观世界的同时，加强对主观世界的改造，重视个人的品德修养。我们向陆老祝寿，既表达我们崇敬的心情，同时也是为了更好地学习陆老这种高尚的品德。要像陆老那样，执着追求，创业敬业，目标明确，方向正确，自立自强，使自己保持清醒头脑，保持旺盛的精力和昂扬的斗志；要像陆老那样，勤劳敬业，笔耕不辍，创作出更多的精品佳作，克服浅薄、虚伪的行为，尽心献身文学；要像陆老那样，真诚实在，心胸坦荡，建立新型的现代人际关系，为文学事业的繁荣创造良好的环境；要像陆老那样，淡泊名利，增强自我约束力，克服浮躁、急功近利的心态，全心全意为人民服务；要像陆老那样，与同志们互相关心、互相支持，把个人的成功建立在良好的道德品质基础上，做到品德、学养、才思和文笔的高度协调，立德、立言、立文的高度一致。这样，广西的文坛将会出现崭新的局面，我们的文学事业就能欣欣向荣，蓬勃发展。

我们一定要积极、准确、全面、深入地贯彻党的文艺方针，抓住机遇，开拓进取，解放思想，大胆探索，团结拼搏。要坚持以优秀作品鼓舞人；要继续在启迪智慧、关怀人生、思想深刻、文风平易、艺术生命力久远上用力气；要在开放的气氛中融汇中外文学之长，铸成色香味俱全的广西特色文学；要一如既往地摒弃门户之见，敬重名家，乐于扶持新人新作；要继续在文学界倡导求新、求真、求活、求精、求美的文风，为广西文学事业的发展做出新的贡献！

（本文为祝贺陆地同志八十寿辰时所作，陆地同志已于2010年逝世。编者注）

古榕铺广荫

——访壮族老干部张报同志

五月的北京，鲜花盛开。一个阳光明媚的早晨，我们来到中共中央编译局壮族老干部张报同志住处。

随着我轻轻的叩门声，来开门的正是瘦高个子、满头白发的张老。他操着浓重的乡音微笑着说：“欢迎你们，来自家乡的客人哪！”说话间，张老热情地给我们泡茶，还拿来可口的点心。就这样，我们没有一点儿拘束，就和张老谈开了。后来，张老和他的夫人岑惠心请我们共进晚餐。几次接触，聆听张老长谈，给我留下了深刻的印象。

张报同志的生活道路坎坷而曲折。他可算是个传奇式的人物。他原名莫国史，1903 年生于广西扶绥县一个壮族家庭。1920 年考取清华学校，受五四运动新思潮影响，积极参加学生运动，被开除学籍。1921 年改名莫震旦，考取天津南开大学，后转入北京师范大学。1926 年毕业后赴美国留学。1928 年初在美国加入共产党，

1930 年起担任美国共产党中央中国局书记、美国共产党党校秘书等职。1932 年被美国当局通缉，乃遵从美国共产党中央决定，改名张报，赴莫斯科列宁学院中国班学习。在苏联时曾任《救国时报》的编辑，与高尔基有过交往。1956 年春回国，到新华社负责对外俄语广播工作。1962 年被调到中央编译局，作为专家负责中央重要文献的外文翻译和定稿工作。“文化大革命”中，张老和其他老干部一样受到冲击。后来，党组织给他彻底平反。说到这里，张老深沉地说：“我最好的年华已经过去，我今后必须全力以赴，以弥补逝去的岁月。”

接触中，给我感受特别深的是已 81 岁高龄的张老那种刻苦勤奋的精神。他说，要写的东西不少，得抓紧时间写出来，为精神文明建设贡献绵薄之力。“他呀，总是闲不住，连节日也难劝动他出去走走！”张老的夫人岑大姐坦率地对我们说。在他房里的写字台上，堆满了各种书籍，平日他总是独自一个人在那里看哪，写呀，一坐就是几个小时。近年来，他写了长短诗、散文和回忆录等共十多万字。对于这位饱历沧桑、年事已高的老作家，能有这般毅力去写作，凡是了解他的同志，无不深受感动。

张老很早就有论著发表。早在 20 世纪 20 年代初，他就在《北京晨报》发表过有关门罗主义的长篇文章，在《世界日报》《救国时报》等报纸上也发表过不少论文。1931 年，他与冀朝鼎同志用英文写的《苏维埃中国》一书，介绍中国革命发展情况，很有影响，后来曾由共产国际在莫斯科重版发行。许多同志劝他写写自己的回忆录，他却谦逊地说："我自己没有什么可写的，我将竭尽全力写好有关历史人物事迹的回忆。"正因为这样，他发表了许多介绍别人事迹的文章，其中比较有影响的有《怀念李立三同志》、《一个最难忘的春节》(回忆与陈毅同志初次会晤的情况)、《二三十年代在美国的中国共产党人》、《吴玉章同志在法国与苏联》、《有关白劳德的回忆》、《萧三同志与救国日报》等，在社会上产生了积极的影响。

张老素喜写诗，在美国的时候，就曾用英文作诗在大学校刊上发表。《怒吼吧！中国！》等诗在当时颇有影响。回国后，他经常利用业余时间写诗。1964 年写的叙事长诗《别了！》受到诗人萧三的赞赏。1981 年在《广西文学》上发表的叙事长诗《我和十三妹》，运用书信的形式，描写了一对青年男女在旧社会遭受封建礼教迫害的过程，全诗朴素无华，情真动人。1982 年漓江出版社将此诗印成单行本，很快就销售一空。张老也喜欢写旧体诗，1978 年他与姜椿芳同志发起组织"野草诗社"，以发表旧体诗为主，得到了一些名作家的响应，已经出版的作品，很受读者欢迎。

张老对广西有深厚的乡情。1978 年，他为纪念广西壮族自治区成立20周年而作的一首诗《放声歌唱，尽情歌唱！》凝聚了这位壮族老同志对家乡炽烈的热情和深沉的爱。你听——

一面不褪色的鲜艳红旗，
飘舞在伟大祖国的南方，
二十年来披霞映日迎风展，
一年更比一年灿烂辉煌
……

张老对家乡的热爱不仅流露在他的诗行间，而且体现在他的行动上。张老自幼离开故乡，但不论在美国，在苏联，还是回到北京，他都十分怀念养育他的壮乡。凡是上他那儿拜访的广西人，他首先就要打听家乡的建设情况。他曾几次写信给区党委领导，对振兴广西经济，发展民族文化事业，提出很多建设性意见；他还曾写信给原文化部，建议把柯炽同志写的歌舞剧《蛇郎》调到北京演出。张老不仅爱乡，而且爱国。他有一个“国际家庭”——女儿在美国，儿子、孙子在苏联，而这个家庭的“根”则在中国。他的女儿1982年夏来华探亲时曾请张老赴美定居，由她照顾安度晚年，张老婉言谢绝了；1983年秋冬之交，张老曾到莫斯科探望自己的儿子一家，他们也都恳求他在那里住下，可是也没能动摇张老早日回国的决心。对此，张老曾作了一首七律以抒怀：

乌拉横渡叙天伦，
劫后团圆乐醉人；
初见犊孙惊逝水，
重游故地盛平生。
克宫积雪风犹冷，
列墓红光热永存；
归国迎春心似箭，
莫京哪有北京亲。

张老离休后仍继续为党工作，担任中央编译局离休干部党支部书记。他还把很多时间和精力花费在学习与写作上。一些出版社同他商定，请他把一些旧作品整理出版。“要在晚年继续发挥余热，争取多写些东西，多出几本书。”张老向我们表露自己的心愿。跟张老暂别时，我要求他写首诗留念，他却把 1982 年发表在《北京晚报》上的一首题为《离休》的诗抄录给我——

后浪接前浪，老将别骅骝；

身离心不离，职休业不休。

古榕铺广荫，晚霞照远岗；

暮年倍思党，余热要发光。

读了这首诗，我深深感到这位壮族老同志、老前辈、老党员并没有老，他的身心同全国各族人民一起，正跟着社会主义祖国建设的步伐跃动，前进！

斯文清气满乾坤

——怀念张报

人的一生在历史的长河中，像波涛一样一次次涌动，有时翻动起一朵朵浪花，甚而推起一片片波澜，但随即远远东去！

张报同志的一生是历尽坎坷的一生，他经受了国际共产主义斗争的风浪和政治风云的考验。一生之坎坷、命运之崎岖并没有动摇他的共产主义信念，在险境中不退却，在困难面前不低头，他坚定地、完满地走完了九十三年人生的艰苦历程，不愧为一位优秀的共产党员、国际共产主义运动的老战士！

张报同志，原名莫国史，是广西扶绥县人。他的童年和少年是在中华民族饱受帝国主义侵略、封建主义压迫和军阀战乱之中度过的。从那时起，幼小的他就萌发了要寻求一条解放民众于倒悬的救国道路的决心。1920 年他从南宁省立第三师范学校毕业，同年秋考入远在北京的清华学校。他在清华学校读书时受进步学生的影响，反对校长压制民主，组织学生罢课，因而被学校当局开除学籍。后改名莫震旦，先后在上海中法通惠工商学校、天津南开大学学习，寄希望于“教育救国”。后在北京师范大学获“教育学士”学位。他在大学学习期间，曾任北京《世界日报》编辑，因发表反对张作霖军阀统治的文章而被报社辞退。后返回广西从事反对日本帝国主义等爱国主义宣传活动，不久被伪省政府发觉，即被明令驱逐出广西。

张报同志是广西最早参加共产党组织的老党员，也是我国较早加入共产国际的老战士。早在 1926 年他在美国留学期间，在芝加哥城结识了一些共产党员，在他们的影响下，开始学习和研究马列主义，思想发生了变化，主张“革命救国”，并于 1928 年 1 月加入美国共产党。从此，张报同志矢志把自己的一生奉献给伟大的共产主义事业，并为之奋斗了整整六十八个春秋！

张报同志加入美国共产党后曾任美共中央中国局书记、中央宣传委员会委员、中央党校（工人学校）书记、美洲华侨反帝大同盟执行委员及反帝大同盟机关报《先锋报》主编，经常在报刊上撰文向世界宣传中国共产党和中国革命。他还通过华侨和留学生积极筹款，援助国内的革命斗争。他先后两次被美国当局逮捕，经党组织营救获释，秘密赴苏联学习。1932 年 10 月在莫斯科经共产国际批准转为中国共产党党员，1935 年被任命为中共在海外创办的《救国时报》副主编。1938 年受苏联肃反运动扩大化影响，他和许多在苏联的中共党员一起，以“莫须有”的罪名被捕入狱，后被流放到靠近北极的劳动营。1946年底期满释放，1949年再次被捕、流放，直至1955年9月才得以平反，恢复名誉。

历经狂风、暴雨、严霜、冻雪的张报仍保持着旺盛的生命力。他怀着对共产主义的憧憬和对社会主义祖国的深情，历尽坎坷后终于在1956年回到首都北京。中央安排他到新华社对外部工作，创办对外俄文广播，任俄文组组长。由此，张报同志焕发出极大的革命热情，为做好党的新闻工作尽心竭力。后来他又被调到中共中央编译局，作为专家负责《毛泽东选集》《周恩来选集》《刘少奇选集》以及党中央重要文献的中译俄的翻译定稿工作。张报同志为向国外宣传毛泽东思想和我们党的路线、方针、政策付出了大量的心血。

我认识张老是在他离休之后，那时我在覃应机同志身边工作。因张老是广西人，覃应机同志每次到北京，都要到张老家坐坐，聊聊家常。我第一次见到张老是有一次我陪应机主席到北京开会时，会议期间张老打电话来，邀请我们到北京农业展览馆内的西餐部吃西餐。下午六时我们应邀准时到达那里，张老和夫人岑大姐已在等待。当时张老已年过七旬，可身体还很硬朗，瘦高个头，神采奕奕，岑大姐也很随和。大家坐定，寒暄几句之后，便开始上菜。我是第一次吃西餐，操动着刀叉很不自然。张老在一旁连连指点，话语中我感到这个被新闻界广泛宣传、富有传奇性的老人，亲切、热情、见识广、有学问且很重乡情。后来我写了一篇访问他的散文，并在《广西日报》上发表。他知道后，写信感谢我，并要我把该文剪报寄给他。从此我们经常书信来往，他先后寄了好几篇稿给我，我都分别送给广西的一些报刊发表。他成了我文学上的导师、政治上的向导、做人的楷模。1987 年，我在中央党校学习时，还专门请张老到班里讲党课，同学们听了都深为他的经历和对党的忠诚所感动。

张老有很深的文学造诣，尤其擅长诗词创作。1978 年 10 月，他与姜椿芳等人创立“野草诗社”，主编《野草诗辑》。后在中央的支持下，筹建了中华诗词学会，他担任学会的常务理事和副会长，他的《张报诗词选》蜚声诗坛。张老以诗会友，以诗言志，常与友人唱和，抒发革命者爱党、爱人民、爱社会主义、爱祖国的豪迈情怀。离休之后他先后几次回广西探亲访友、调查研究，每次回家乡他都感慨万千，写了很多优秀的诗词和文章。1990 年广西电视台还为他返乡拍摄了专题片，为此他多次写信深表感谢，并表示有生之年一定要为宣传广西献出绵薄之力。

张老走了。我回想起同他的交往，追念他的为人和品性。他在六十八年的革命生涯中，屡遭敌人迫害，蒙受种种不白之冤，但他始终没有动摇为共产主义奋斗终生的决心和信心。他对党的事业忠心耿耿，任劳任怨，不遗余力；他学识渊博，多才多艺；他襟怀坦荡，光明磊落；他为人热忱，和蔼可亲。

我不揣冒昧，以自己的拙笔悼念这样一位国际共产主义运动老战士、著名翻译家、广西籍著名作家，愿他的光辉业绩和高风亮节永远留在我们心中。

山川灵秀彩笔绘

——深切缅怀阳老

阳太阳先生以画家闻名于世，他的绘画清雅灵秀，章法严谨，融中西画技为一体，个性鲜明，极富于老辣飘逸之美，蜚声画坛，享誉海内外。2009 年 8 月 25 日，这位艺术大师、著名画家走完了他一百年的人生之旅，安详地闭上眼睛。噩耗传来，广西文艺界的许多同仁纷纷赶到桂林来见这位杰出的人民艺术家最后一面。我怀着无比悲痛和敬仰之情在阳老的遗体前深深三鞠躬！

阳老是我们的老前辈了。我第一次见到这位大画家是 20 世纪 80 年代初，我当时在覃应机主席身边工作，阳老时任自治区政协副主席、广西艺术学院副院长。那天，覃主席叫我通知阳老到他办公室谈话，当我拨通他的电话，话筒里传来清晰的桂林话：“好哇！我也正想找主席汇报一下工作呀！”上午十点，我在大门口迎接，阳副主席一下车就笑着和我握手。他瘦高个子，衣着很朴实，长发梳成大背头，步履轻盈地走进主席办公室，那步伐一点儿不像年过花甲的老人。两位老人谈了很久，后来才知道覃应机主席和阳老谈的是让他担任艺术学院院长的事。1982 年 6 月自治区党委正式任命他为广西艺术学院院长。打那以后，他全身心扑到教学和学校管理上，为广西的艺术教育呕心沥血，做出了杰出贡献！

20 世纪 90 年代，我到自治区党委宣传部工作，从这以后，和阳老的接触更多了。有一年春节，区党委派我去给阳老拜年，当时他已离休，住在广西艺术学院。我们刚刚坐定，老人便滔滔不绝地谈起广西美术发展存在的困难和问题，希望党委政府帮助解决。我都一一记下，感谢他对广西文艺事业的关心和做出的重要贡献。他知道我喜欢书法，很认真地对我说："书法要我行我道，下笔要我有我法，进去是别人的，出来一定要是自己的。"这些教诲成为我后来练习书法的重要"法则"，我按阳老教诲不断深思着，探索着，实践着。简短的谈话，我发现阳老是那么健谈，那么睿智，那么风趣，那么可敬，那么富有魅力。

阳老是一位老艺术家。他和民族同呼吸，共命运，在他身上体现了艺术家知识的广博和人格的高尚，体现了一种伟大的奋斗精神和对艺术的赤诚。他出生于桂林的一个中医世家，自幼喜欢书画，后就读于上海美术专门学校，接受了美术的专业训练。上海美专毕业以后他拜别了老师，在上海世界书局编辑部儿童美术部就职。

1935年他赴日本留学。他与庞薰琴、倪贻德等人创办了“决澜社”，举办了多次画展，提倡新绘画，大胆地把世界许多著名画家的作品同场展出并一同印入画册，让国人较早地接触到西方画作。1937年阳老放弃去巴黎进入世界画坛的计划，回国投身抗战宣传。在桂林文化城期间，他与郭沫若、李济深、田汉、茅盾、徐悲鸿等文化名流开展民主爱国运动，发表诗文，创作大批绘画作品，反映抗日斗争生活，创编《诗创作》杂志，创办初阳美术学院，任院长、教授。1949年与黄永玉、玉琦、关山月、张正宇等人在香港创办共产党领导下的“人间画会”，主笔绘制巨幅毛泽东画像，悬挂于广州最高建筑爱群大厦，以迎接新中国的成立。

新中国成立以后，阳老怀着一份对美术教育热切的感情和执着的追求，参加接管广东艺校和广州美专工作，后担任广州华南文艺学院院长。回到广西后，他担任广西艺术专科学校的校长、教授，开始了他漫长的艺术教育生涯。他先后担任湖北武昌中南美专副校长，广州美术学院副院长，广西艺术学院美术系主任、教授等，并在美术教学实践中，努力探索教育的新方法、新路子和绘画创作的新路子。他在1962年提出了“漓江画派”的学术主张，为后来打造漓江画派奠定了学术理论基础。在绘画艺术上，他大胆地把西方的绘画技巧与中国传统绘画技法有机地结合起来，使绘画创作笔笔分清，积染千层而画面明秀，笔墨、骨力既继承中国绘画传统，又看得出有西方绘画的影响。1955 年他创作的水彩画《漓江木排》参加苏联国际青年艺术节并获得造型艺术奖；1984 年创作的《漓江岚韵》获第六届全国美展优秀作品奖；他的作品参加日本东京国际书画大展并获国际书画最高荣誉奖，成为国家级书画家。1993 年在北京中国美术馆举办了“阳太阳绘画艺术展”并召开“阳太阳艺术研讨会”。2006 年阳太阳先生荣获文化部、中国文联颁发的“2006 年中国造型艺术研究终身成就奖”，2008 年广西壮族自治区政府授予阳太阳先生“人民艺术家”的光荣称号。这是对阳太阳先生艺术成就的充分肯定。他在近一个世纪的艺术教育、艺术创作中，为中国美术事业、文化事业建设做出了杰出的贡献！

阳老满怀赤诚的乡情和亲情，他热爱广西这片美丽神奇的土地，他所创作的作品多以漓江为题材，表现了广西的地域风情，广西人的精神面貌。他游历了广西的山山水水，创作了无数画作，写了许多诗句。美丽的山水，使他开阔了眼界和胸襟，启迪了智慧，因此，他的画风格、气韵都秀美灵性，妙近自然。他的代表作《漓江木排》《漓江烟雨》《青罗碧玉图》《塔山朝晖》《大高任鸟飞》等，笔墨干净，气韵浑厚，都是灵气、妙笔、情感的结晶。阳老的书法也独具一格，他的书法字字有力，笔笔入神，如钢丝，如枯藤，且气血连贯，虚实得宜，雄健奔放，苍劲老辣，不禁使人联想起悬崖上苍松翠柏的老干虬枝，想到气势雄浑奔腾直泻的万丈瀑布，想到云海翻腾，想到光风霁月……不难看出阳老的书法同样是得山水之助，经多年酝酿、颐养并磨砺而成的。阳老晚年的书法艺术更上一层楼，自成一派。

艺术的修炼必须付出终生的时光。阳老为学之勤，对艺术执着追求的精神十分感人，他几十年如一日坚持“日课”，每天绘画、写字，坚持艰苦的艺术创作活动。20 世纪 90 年代，他已是广西艺术学院一院之长、自治区政协副主席，在国内外赫赫有名了，但依然辛勤笔耕，创作了很多诗、书、画新作，这是他艺术创作十分活跃的时期。他出版了《阳太阳画集》《阳太阳文集》《阳太阳的艺术世界》等十余部著作。他的作品深受人民群众的喜爱，并在国内外产生很大影响。到了晚年，手脚已不灵便，不能执笔作画时，他也在琢磨作品的结构和布局，用手指在空中比画。他依然有很多想法，想办画展，想出画册，想建美术馆，区文联和美协的活动他都抱病参加，并对全区文艺事业发展和繁荣提了很好的建议。平时他在家一吃完饭就到画室，在画室里他返老还童，自得其乐。艺术成为他修身养性、强身健体的手段，成为他生命的一部分。

高尔基说，艺术的生命比个人的生命更为永久。阳老虽已仙逝，但他热爱祖国、热爱人民，对艺术精益求精、勇于创新的精神和德艺双馨、无私奉献的高尚品格，勤勉钻研、忘我工作的优良作风将永远铭刻在我们心中。一个伟大的艺术家总是按照自己的意念创造艺术品，并把这种意念留给后人。艺术是人类的梦想，是关于光明、自由和宁静的力量的梦想。这一梦想从来没有断过，将来也绝不会中断。阳老留下许多美好的梦想。在中华文化大发展大繁荣的今天，漓江画派如日中天，各位画家意气风发，文坛艺苑百花盛开，我们要继承阳老的遗志，实现美好的梦想，广西艺术事业一定会再创辉煌！

阳老，您在九泉之下安息吧！

永不衰竭的艺术生命

——写在人民艺术家阳太阳百岁生日之际

中国人的平均寿命由新中国成立之前的50岁提高到现在的74岁，尽管这样，能活到100岁的人在十几亿中国人中依然是微乎其微。阳太阳先生100岁仍健在，实在难得。在自然界这个大舞台上，人才是自己真正的偶像，每个人都在创作着人的艺术。阳老先生以自己精湛的艺术、深厚的学养和高尚的道德风范成为一位德高望重的艺术大师，这是文艺界之喜，八桂儿女之荣，也是他的艺术人生之光！

纵观阳老先生的艺术生涯及诸多艺术作品，我们不难看出他的思想、人品和艺术创造极为纯正、高雅，具有极丰富的思想内涵。这是留给我们宝贵的精神财富，让我们受用一辈子。阳老先生是一个很有政治头脑的艺术家，他思想进步，有强烈的爱国热情。早在20世纪30年代就积极参加进步文化人士开展的文化活动，创办艺社，举办爱国画展，为抗日救国服务，把自己的艺术生命投入火红的抗战之中。新中国成立以后，他积极参加社会主义革命和建设，拥护党的领导，坚持党的文艺路线。晚年，他在精神上、思想上、艺术上依然保持着高尚的思想品格和对理想的不懈追求。正如毕加索所说，艺术家是政治性的一种存在。

为美欲的冲动，就是艺术冲动。艺术的创作，需要激情，有激情，就有智慧，有智慧就能创作出佳作。阳老先生的艺术创作十分活跃，总是充满激情，而且眼界开阔，他以自己的画艺和勤学博得了中国画坛众多画家的赞赏。他勇于进行艺术探索创新，比较早地吸收西方油画艺术精华，把诗、书、画三者融为一体，创作出许许多多别具风格的绘画作品。这些作品成为绘画艺术精品、珍品、传世之作。阳老先生比较早地提出“漓江画派”的概念，尽管由于种种原因，漓江画派一直到 21 世纪初才得以立名，但他为我们打下的基础功不可没！

陶行知先生说，教育为公以达到天下为公。阳老先生非常热爱教育事业，执教鞭几十年，可谓桃李遍天下。他参加创办武汉中南美专和广州美术学院，并长期在广西艺术学院任教，先后担任广西美院教授、副院长、院长等职务，为广西美术教育事业和创作花费了大量心血。阳老先生在教学中严守师道，身正为范，“千教万教，教人求真”。几十年来，他撰写、编辑出版了许多关于美术教育、绘画艺术的选集，在美术教育理论和实践上都有着丰硕的成果。今天广西美术事业的昌盛与繁荣，与阳老先生辛勤劳动、努力工作是分不开的。

人生本来就是一种广义的艺术。每个人的生命史就是他自己的作品，一个艺术家的品格、风范，是他内心世界的准确表露。阳老先生不仅在艺术上造诣很深，而且做人也是很成功的。他心胸开阔、心平气和、热爱生活、善待人生，是一个快乐的老人、快乐的艺术家。在艺术创作上，他努力拼搏，勤奋创作，而在生活上则平淡、平常，在心态上则平静、平和，良好的心理素养使他健康长寿，艺术上的拼搏使他成就不凡。阳老先生水墨画中的笔墨老到而鲜活，反映出他强劲的生命力与旺盛的创造精神。只有无限热爱生活，深深挚爱祖国、民族和人民，才能画出这样有浓郁生活气息的画来！

当今社会十分强调品牌效应。阳老先生作为广西土生土长的艺术大师，他的艺术生涯与创作已成为广西文化艺术的一种文化现象，一个文化品牌，一面文化旗帜，我们应当爱护他、关注他、宣传他，继承和发展他的艺术思想、艺术精神、艺术风格。我们要积极开展阳太阳艺术思想的研讨，创造条件把这位世纪艺术大师搬上银幕、荧屏，不断扩大其影响，让阳太阳的艺术之花在八桂大地上、在祖国大地上永远绽放！

生命之泉，是由心中涌现的；生命之花，是自内而外开放的。就此而言，人应有四种年龄：外表年龄、实际年龄、心理年龄和艺术年龄。人的自然生命有限，但人的艺术生命是无限的，在浩瀚的艺术海洋里，人的艺术创作力和艺术作品的生命力是永无穷尽的。希望所有的艺术家都能在自己有生之年，创作出绚丽多彩的艺术画卷，张扬自己的艺术才华，像阳老先生一样把艺术之情和爱洒满人间!

（本文为祝贺阳太阳先生百岁生日所作，阳太阳先生已逝世。编者注）

松高云淡白鹤眠

——怀曾敏之先生

那一年，曾敏之先生应邀参加在南宁举办的第十五届世界华文文学国际学术研讨会，当时他已年过九旬，行动不太方便。我们几位老乡在金茶花公园边上的餐馆请他吃饭，老人身体还挺好的，思维依然敏捷，很健谈，席间他讲了许多自己的经历和对家乡未来发展的期望。我说陪他回罗城看看。他说，心有余而力不足了。未等会议结束，他便返回广州。之后，我几次要去广州看望他，都因抽不开身，没有去成。谁知那次见面竟然是最后一面。

2015 年元旦过后，我从微博上得知敏之先生逝世的消息，当时一下子就蒙了。回想起一个月前，我和《海外星云》的朋友聚会，朋友们说敏之先生身体好好的，他们还约我一块儿去广州看望他老人家，顺便为《海外星云》创刊 30 周年做个专访。怎么突然就走了？我默默地坐在书房里，一幕幕的往事浮现在我的眼前，眼眶湿润了。

敏之先生是罗城县黄金镇人，我们是老乡，他是我的长辈。我读初中时，就从老师那里听到过敏之先生的故事，读过他的作品，当时我还为家乡出了这样的文化名人，感到很骄傲，从心底里敬佩，把他作为榜样，希望有一天他回罗城能见到他一面。但二十多年过去了都没有这个机会。20世纪80年代初，我到自治区政府办公厅工作。有一次随自治区覃应机主席出访，经香港停留。敏之先生当时任香港《文汇报》代总编，知道我们到香港，特意到宾馆看望覃主席，我才第一次见到这位慕名已久的老乡。

那天上午，应机主席叫我在饭店大堂等候敏之先生，因为看过他的照片，还算面熟。十点钟，一位西装革履、中等个子、头发花白、文气十足的老人从一辆黑色小轿车出来，我一看便认定这就是敏之先生。“曾老，我是覃主席的秘书，来迎接您！”我忙上前扶着他说。“啊！你是潘琦！我们是小老乡！”敏之先生笑着说。“是啊！我小时候就听说您了！”“嘿，人怕出名，猪怕壮啊！”“罗城人为您而骄傲！”……我们边说话，边进入覃主席的房间。两位老人是熟人、老朋友，寒暄了几句之后，便谈起广西经济发展和文化建设的问题。当时广西正处于改革开放的初期，干部群众思想不够解放，改革开放意识不强，经济发展缓慢。敏之先生凭着自己掌握国内外的大量信息，对广西发展提出了许多建议。应机主席频频点头，有的意见后来区党委都采纳了。那次谈话，我对敏之先生的印象特别好，认为敏之先生果然名不虚传。他博学多才、才思敏捷、思想深邃、善于言谈，很有学者的风度、风范和风格。在他身上彰显出一种无法言说的魅力，这魅力有一种使人开心的神秘力量，让人愿意同他交往、交谈。听了两位老人的交谈，我受益匪浅。

到 20 世纪 80 年代中期，广西壮族自治区党委为提高领导干部的开放意识和市场经济知识，分期分批在香港举办厅级领导干部培训班。我是第三期培训班学员。敏之先生每期都来给大家讲课。那天，他上完课，我上前去和他握手说："曾老，来香港前，很多罗城老乡都托我向您问好！""谢谢大家！有时间我一定回罗城看看！"我们简单地聊了几句，末了，敏之先生很热情地邀请我跟他一起吃晚餐。我说不用了，培训班伙食挺好的。他笑着说，乡里乡亲的别见外呀，让我尽一下地主之谊吧！盛情难却，我答应了。他说，你人生地不熟，邀桂江公司老总一块儿去，带个路吧！

晚上六点半钟我们准时到达约定的饭店，敏之先生夫妇已在那里等候，我们四个人就在大堂一个小方桌旁坐下，曾太太很快点好了菜，点的都是家常菜，但味道很好。酒是敏之先生珍藏十几年的正宗茅台。那天晚上敏之先生非常高兴，我们三人酒兴大发，竟很快把一瓶酒喝得精光了。席间我们谈得很多，天南地北地聊，因酒精的作用讲了一些什么，我现在一点儿也记不起来了。培训期间，我和敏之先生还见了几次面。自那以后，我们常有书信来往。

敏之先生是一个很重感情的人，他怀念着家乡的山山水水。那年我在南宁地委工作，特地邀请他回广西看看走走，他很乐意地答应了。记得那是 1993 年 4 月，我陪他乘车到北海考察。一路上我们说到一些旧事，也谈到抗日战争期间他当《大公报》战地记者的故事。当时他写、编、发了大量的军事、政治和社会性的报道，其中不乏轰动一时的重大消息和独家新闻，他采写的一批特写、专访和长篇报道，有的经历了时间的考验而成为中国现代报告文学的范本。

他给我讲述了抗战时自己在桂林一段非常唯美动人的爱情故事。那是 1942 年在桂林举办西南抗日剧展，在一次采访中，他认识了一位年轻貌美的女演员，之后他们经历了战争年代聚散无常的恋爱历程，最后因为战争有情人未成眷属。这是他的初恋，终生难忘。后来我把他们的恋情写成散文，在《南国早报》发表，很多乡亲和朋友看了这篇文章，都建议我改编成电影剧本，因当年工作忙，一直没写成。2005 年，我以他的经历为原型，改编创作成电影剧本，2012 年被广西电影制片厂拍成电影《心中的天堂》。此事我曾对敏之先生提起，他很高兴。我答应影片放映之后，送一个光碟给他看。可是没来得及，他便走了，这是一件非常遗憾的事，我深感内疚！

我对敏之先生的身世和经历有过一些片段的了解。他祖籍广东梅县（今广东梅州），生于罗城，15 岁出任小学校长，16 岁赴广州半工半读，并开始文学创作。1940 年即开始报人生涯。先后任《桂林文艺》杂志助理编辑，《柳州日报》副刊编辑兼采访部主任，桂林《大公报》特派记者、文教记者，重庆《大公报》记者兼采访部主任，广州《大公报》特派员，香港《大公报》华南版主编、评论员。新中国成立后，于 1950 年任《大公报》、《文汇报》、中国新闻社广州联合办事处主任，1961 年初调任暨南大学副教授，任写作及中国现代文学两个教研室主任。1978 年再赴香港，任香港《文汇报》副总编辑、代总编辑，文汇出版社总编、评委会主任，香港作家联合会会长。1985 年，他回广西创办了全国第一家私办杂志社《海外星云》，当时在全国杂志界引起很大轰动。数十年的报人生涯和文学艺术创作，锻炼了他敏锐的新闻触角及深刻的时事观察力，凭着他始终如一的爱国情怀与文采斐然的笔触，写了许许多多在国内极有影响力的特写、专访、长篇报道、文学著作及理论专著。他先后出版了三十多部著作，包括《望云海》《诗词艺术》《文史品味录》《观海录随笔集》《文苑春秋》《听涛集》《春华集》等。只要读过敏之先生的作品，就会感受到言近旨远、语浅情深的韵外之致。他不愧为一个学识渊博、才华横溢、笔耕不辍的学者、导师、文学大家，使我无时无刻不感到钦佩。他是罗城人的骄傲，也是广西人的骄傲！

敏之先生为人谦逊宽宏，他性格开朗，耿直热情，喜怒常形于色。他看不惯那种与无私无畏、勤奋敬业、常怀感恩之心格格不入的东西，特别看不惯那种在生活和工作中患得患失、不求上进的人。他常推心置腹地和我交谈，对于社会上的歪风邪气，毫不留情地批评，尤其对不正的文风，更是深恶痛绝。

几十年从事新闻和文学创作，使敏之先生对中华文化有极其深厚的情感。他发起创建了香港作家联合会，后来又筹备成立了世界华文文学联合会，并担任世界华文文学联合会会长。80多岁高龄，他依然在香港与广州两地，主持香港作家联合会活动。他时常邀请海峡两岸暨香港、澳门的作家进行文化交流，为中华文化传播走向世界做出了重大的贡献。他常说，中国人一定要团结，团结才能热爱祖国，团结就靠文化，从古到今，都是这样的。我们要重视自己的文化，大力弘扬中华优秀传统文化。敏之先生这么说，也是这么做的。他为中华文化的复兴奋斗了一生，难能可贵！

悠悠岁月，似流水逝去。敏之先生仙逝，是中国文学艺术界和新闻界一个重大的损失。作为一个热爱、尊敬、钦佩敏之先生的乡亲和生前好友，对于他的关怀、关心、关爱，我一直铭记在心。对他几十年在中国乃至世界文化、新闻界创造的业绩，感到无比骄傲与自豪。我不愿让那流逝的时光冲淡我心头的记忆，愿我这篇短文，像一个花环，敬献在曾敏之先生的墓前！

赤诚游子心

——记香港《文汇报》代总编辑曾敏之

20 世纪 80 年代初，我就认识了曾敏之先生。

后来再到香港，我便给他挂了个电话，话筒里传来了曾老浓重的家乡口音：“啊！老乡来了，难得难得！”接着他问我，“明晚有空吗？”

“有！”我立即回答，“想特意拜望您哪！”

“那好，明晚在双喜楼见吧！”

曾老先生的慷慨好客，在香港的广西人中是突出的。凡是广西老乡到香港，只要他知道，都会热情接待。

翌日，我如约来到双喜楼。一进门我就向站在门口的一位店员打听曾老订的座在哪儿。那位店员立即向楼上喊了一声：“曾先生的客人来了！”话音未落，另一位店员走到楼梯口把我迎到里面一间雅座。曾老和他的太太早在那里等候了。我们没有通常的客套，他亲切地握着我的手，脸上露出几分激动。曾老虽已年近古稀，但身体、气色、精神都很好，他的太太身体微瘦，文静而谦和。坐定后，他呵呵笑道："今晚能在香港见到家乡人，听到乡音，真是双喜临门。我们在双喜楼见面，有特别的意义。"听他这么一说，我从心底里感谢曾老的巧妙安排。

曾老是一个极重感情的人，我们每次见面，他都要询问家乡的情况，哪怕是听到家乡有一丁点儿的变化，他都为之高兴。他常常很有感触地说："我在外风风雨雨漂泊几十年，如今两鬓斑白，总想在暮年为家乡尽我这份游子之心！"因此，这些年来，他把自己的心血和时间、体会和经验，以及国内外的各种信息都无私地奉献给家乡的建设。

他得知我在地区分管科教文化工作，我们的话题很快就转到这方面来。曾老长期从事文化、教育、新闻工作，积累了丰富的经验，是报界权威、教授、知名作家，具备老一辈长者那种磊落、热情、赤诚的学者风度。1987 年，他回到罗城，得知家乡因人才奇缺，影响了经济的发展。他返港途经广州，亲自与有关院校联系，为仫佬山乡代培一些专业技术人员。乡亲们每每提起这事，都赞不绝口："敏之为家乡办了一件大好事！"

席间，我们谈到教育问题，曾老激动地说："广西经济要腾飞，必须花大力气抓好教育，从根本上提高青少年的文化素质，否则有钱也不会花，有资源也不会用。”接着他详细地给我介绍了香港如何从抓教育入手，促进整个地区的经济发展。他说，香港在半个世纪里经济蓬勃发展，除了天时、地利之外，主观上在于能够充分利用劳动力和提高劳动效率，能够大量应用新的科学技术，能够适应经济发展的需要，注重人才的培养……曾老一席生动的话语，使我在不知不觉之中，受到强烈的感染。他丰富的阅历和渊博的知识使我受益匪浅。

这晚，曾老显得格外高兴，席间不断举杯劝酒，谈笑风生。我们谈得很广泛，经济、文化、社会、国内外时事……都是我们热心探讨的话题。曾老对广西的经济建设显得特别有兴趣，我知道，他对广西的经济建设从来都是关心的，过去不论是和自治区的领导同志见面，还是与地方的同志交谈，都毫无保留地倾吐自己对家乡建设的希望，真诚地提出许多有益的建议。天长日久，他逐渐形成了一套较成熟的想法。他强调，一定要掌握广西的区情，要借鉴广东经济发展中成功的经验，以便制定适合广西区情的政策。他说，“借粤兴桂”这个口号没有错嘛！关键是我们要学习广东那些成功的经验，可不能学歪了。这些想法和建议，与自治区的整个经济发展的思路是相吻合的。

曾老为了广西经济的发展的确是尽心尽力。1988 年，自治区在香港举办经济考察班，曾老尽管每天工作很忙，开会、谈话、审稿、批阅文件，把时间几乎都占满了，可他还是挤出时间义务为考察班讲课。他讲的课既有香港的情况，又联系广西的实际；讲的是知识，也是他的亲身经历和体会，学员们听了受到很大的启发。

曾敏之先生热爱祖国，关心家乡建设，拳拳之心，见诸他的一言一行。他在《思乡病》一文中这样写道："思乡病，就是一个中国人与祖国血浓于水的关系，是不以人们的意志所能转移的。"这话说得多有哲理！

是啊！作为一个中华民族的子孙，无论在何时何地，都会把一颗赤诚的心献给自己的祖国！

1989 年 2 月

桃李满天下

——忆朱培钧教授

案头放着印刷精美的《朱培钧画集》。中央美术学院教授、著名美术理论家文金扬先生在代序中写道："我和朱培钧教授自 1943 年在重庆艺专共事，结交至今已四十年矣！知之甚深，其人品情怀高尚，致学博而能约，艺术造诣精湛，不同凡响，对他的雕塑艺术及国画花鸟的成就，尤为景仰……"中肯的评价，不仅道出了这位著名艺术教育家、雕塑家、画家的卓绝成就，也把我们引向他漫长而多彩的艺术人生。

作为晚辈，我认识朱培钧教授是在 20 世纪 80 年代初，当时我在覃应机主席身边工作。应机主席虽然对绘画艺术不很熟悉，但他很关心画家们，常请画家们到家里做客、聊天，了解他们的工作和生活，为画家们排忧解难。有一次，应机主席叫我去艺术学院接一位叫朱培钧的教授到办公室谈工作。我和司机按电话里的约定，准时到朱教授家去接他。我们的车刚停下，就从屋里走出一个高瘦的老人，他衣着平常，面容慈祥，操着浓重的桂北口音，主动和我打招呼，并自我介绍："我就是覃主席要见的朱培钧。"听了这话，我心里热乎乎的，原来大名鼎鼎的朱教授竟是如此谦逊，和蔼可亲。那次覃主席和朱教授商量建造百色起义纪念碑的问题。朱教授表示一定尽最大努力把这事办好，以告慰百色起义的英烈。

打那以后，我便特别关注朱教授的情况，在一本美术杂志上，读到他的生平简历：朱培钧，字辛耕，1916 年生于恭城县城，是我国著名雕塑家、国画家、书法家。早年毕业于杭州艺专，曾师从著名雕塑家刘开渠教授和国画大师潘天寿教授，曾任教于重庆艺专、桂林广西艺专、武汉中南美专、广州美术学院及广西艺术学院。他 7 岁学画，青少年时期已崭露头角……读了这些文字，心里顿时涌起敬佩之情。

20 世纪 90 年代，我在自治区党委宣传部工作，有更多的机会接触广西美术界的画家，特别是老一辈的著名画家，更是因敬慕、崇拜而经常与他们交往。有一天，我正在开部务会，办公室的同志转告我朱培钧教授要来拜访。我当即回电话给老教授，改日我登门去看望他。

第二天，我把工作安排好，上午 10 点便去朱教授家拜访。老教授早已做好准备，客厅里打理得很整洁，茶几上摆放着水果，墙上挂着一些书画。整个客厅布置得简朴、典雅，书香气息很浓。他热情地招呼我坐在靠近他的沙发上。我们寒暄了几句之后，朱教授便直截了当地对我说："我的学生曹崇恩教授是广西灵山人，现在在广州美术学院工作，是世界级的著名雕塑家，他对家乡很有感情，想回广西举办一次雕塑作品展，希望得到广西方面的支持。第二件事是，我从事美术事业多年，早年曾出版过个人画集，近年创作了不少新的作品，打算再出一本，希望宣传部给予支持！"我当即对朱教授表示："这两件事是广西艺术界的好事，我们一定尽力支持。"老教授听了，紧紧地握着我的手说："我替广西美术界的同仁感谢你！"接着，他还介绍了广西美术界的情况和绘画事业发展的状况，并提出了许多很好的建议。

我们谈得很投机，足足聊了一个多小时，当我要离开他家时，老教授还热情地领着我去参观他的工作室。所谓的工作室，就是在房后的空地上搭了一个大棚，里面堆放着各种雕塑的材料和工具，摆放着许多雕塑的成品和半成品，这些作品栩栩如生。其中有老教授 74 岁高龄设计创作的《太平天国洪秀全雕像纪念碑》模型、《百色起义革命先烈群雕纪念碑》模型……这些传世之作，朱教授都一一给我做了介绍，我在感叹老教授雕塑艺术的精湛和独特的艺术风格时，还学到了不少雕塑技艺的知识，更体会到了一个雕塑艺术家工作的艰辛和对艺术的执着追求，真是受益匪浅。

后来，曹崇恩先生在广西成功地举办了个人雕塑作品展，还将为纪念邓小平同志百年诞辰创作的雕塑作品《听潮》赠送给百色人民，作为纪念。开展那天下午，朱培钧教授陪同我参观了曹崇恩先生的所有展品，还专门为我做了详细的介绍，听得出他对自己学生取得的成绩十分高兴，倍加赞赏。他深有感触地说："广西有人才，广西有杰出的人才！关键在于培养和使用！"朱教授从教数十年，真可谓"艺术精湛，广育人才，桃李遍天下"。在他的教育、培养下，广西涌现出一批在国内外美术界颇有成就的雕塑家和画家。广西艺术名家、"漓江画派"代表人物之一的石向东就是朱教授的得意门生。

这一年，朱教授的个人画集如期出版。出版后，他高兴地打电话给我，感谢自治区党委宣传部的大力支持，感谢党的关心和支持。后来我们出版的《广西书画名家邀请展作品集》，把朱培钧教授的画排在前三名，老教授很高兴，逢人便说："我的作品得到了政府和读者的认可，作为艺术家要把硕果献给人民，是最大的幸福！"

我对绘画艺术不甚了解，但观赏了朱教授的作品，给我印象最深的是，他的作品，尤其是花鸟作品，远承古代，效法诸多大家和扬州八怪革新派，并汲取近代诸多名家之所长，又能书善诗，因此他的画有诗的意境：淡雅、含蓄、潇洒、秀逸、浑朴、高古、简洁、隽永。他善画梅、兰、竹、菊，发挥文人画之所长，而抒己之意；所作的蔬菜瓜果极有田园风趣，生活气息浓厚，独具南方风光特色。他的画作构图以简胜繁，力求洗练概括，平易中求奇变，故意境新奇，别具一格。而更令我感动的是，朱教授幼年即以书画知名，12岁所作的《百蝶长卷》已有惊人之笔。立志学画从他孩提时便已萌发，然而，后来却毅然转学雕塑。当时雕塑被世俗视为工匠之作，其工艺过程十分辛苦劳累。朱教授知难而进，敢于坐冷板凳，甘做铺路人，这是他勇于继承和发展民族艺术事业，挽救面临深重危机的雕塑艺术的雄才大略的生动表现，确实令人敬佩！完美的艺术家是这样的人，他熟悉一切，感受一切，体验一切，并以一种不可思议的兴致保有他的体验。在我心目中，朱教授就是这样一位完美的艺术家。

朱培钧教授虽然年事已高，但耳聪目明，瘦瘦的身材，倒还蛮硬朗，熟知他的人都说：“朱老活到百岁不成问题！”不幸的是老教授却溘然长逝！他在临终前还念念不忘广西的美术事业，叮嘱晚辈们要努力推进广西文化事业。当噩耗传来时，我正在北京出差，不禁悲痛万分，深深为失去一位著名的艺术教育家、国画家、雕塑家而伤心，为“漓江画派”失去一位德高望重的前辈而惋惜！

真正的艺术是不灭的，每当一个艺术家逝去时，他所追求的事业仍在继续！朱教授，您的学生和“漓江画派”的艺术家们，一定会继承您的遗志，振奋精神，团结奋斗，努力实现广西文化艺术事业的伟大振兴，以告慰您于九泉之下！

何用堂前更种花

——纪念朱培钧先生100周年诞辰

朱培钧先生是广西艺术学院教授，地道广西人。他从事艺术教育五十年，从事雕塑艺术创作五十多年，创作了许多传世的艺术作品。他的学生遍及国内外，他为国家培养了一大批雕塑艺术人才。他是广西雕塑事业的开拓者，是广西美术教育的奠基者之一，是著名的雕塑家、书画家、艺术教育家、美术评论家，是一位德高望重、德艺双馨的人民艺术家。他一生用自己精湛的艺术作品和高尚的品质，践行了“作品立业，人品立身”的人生格言。为我们年轻一代艺术家树立了光辉榜样！

朱培钧先生在艺术界被誉为诗、书、画“三绝”。他擅雕塑、国画。书法遒劲秀逸，章法规整。诗词清新含蓄，韵味无穷。画则格高境清，柔中有刚，简中见厚，其花鸟画既继承前人，又有创新，别具风格，被誉为“新文人画家”。朱先生笔下的兰花飘逸潇洒、清新隽永、独领风骚。朱先生在国内外举办了很多次画展，其作品得到美术界和观众的高度赞誉，许多国画作品被中国、意大利、日本、新加坡等国家和地区的几十家博物馆、纪念馆珍藏。朱培钧先生以他的雕塑作品赢得了中国雕塑艺术界的崇高地位，成为我国第二代优秀雕塑家。他的雕塑创作一直在中国画传统与现代精神的道路上不停地探索和辛勤地耕耘，善于从雕塑领域中融汇各家之长，努力创造出具有独特风格的雕塑艺术。他的雕塑作品还特别注重融合本土文化元素和民族风格，把艺术性、本土性、民族性的韵味渗透入泥、石之中，使作品耐人寻味，使观赏者得到美的熏陶。

朱培钧先生在深圳举办画展时，潘天寿纪念馆的贺词中有这样一段话："先生清高俊逸、德高望重、画如其人、品格醇正，有潘老遗风。"

朱培钧先生是一位真正"为了人民、为了艺术"，有文化担当的艺术家，堪称人品立身的典范。

20 世纪 30 年代，广西雕塑事业还是一片空白。朱先生 1935 年考入国立杭州艺专，师从潘天寿，当时是班上的绘画高才生。可是后来他偏偏选择又脏又累，且是冷门的雕塑艺术。他说："人民需要我们，时代召唤我们，我们应该挺身而出，去做雕塑事业的桥梁。"毕业后他留校做助教，当得知广西要办艺术专科学校时，他和妻子陈禾衣毅然放弃杭州优厚的条件，回广西开创雕塑艺术事业。新中国成立以后，广西艺专合并到中南美专，他们双双调到广州美术学院雕塑系任教。1960 年，创办广西艺术学院，他们又决定放弃广州美院的优越条件，回广西继续开垦雕塑艺术园地，经过多年辛苦耕耘，培养了一大批优秀雕塑人才，还创作了不少影响很大的雕塑作品。

习近平总书记指出："文艺要塑造人心，创作者首先要塑造自己，养德和修艺是分不开的。"朱先生的人品在广西乃至全国艺术界备受赞誉。从朱先生的作品，可以看到他思想境界、艺术境界以及精神境界之高尚，看到他个性气质、情感格调之高雅。他为人真诚，待人平和，从不自命清高，不盲目许诺，不强加于人，不乱发脾气，也不轻易求人。20 世纪 90 年代中期我在宣传部工作，他打电话给我，请我到他家里坐坐聊聊，当时，我想朱先生一定有什么问题要我解决。第二天上午 11 点到了他家，老人家很热情，没等我坐稳，便滔滔不绝地介绍了他近年雕塑创作的情况，接着提了许多自己对艺术学院发展的想法，特别是雕塑艺术教育，然后又带我去看他的工作室和仓库，后来我从他那里得到了创办广西独立画派"漓江画派"的启发。漓江画派的诞生也是朱先生的心愿。

朱培钧先生是一位甘于清贫、乐于奉献的好教授、好导师。20 世纪 80 年代，朱先生创作了一幅构图别致的《墨竹图》。图中几根苍劲有力的墨竹竿，以顶天立地之势穿出方形画面，竹竿上只潇洒地画了几片竹叶。整个画面用笔不多，却充满了物外之意。落款题诗更有意思：“纸上写来三五竿，萧疏数叶耐风寒，人称难得多节竹，支撑绿云天地间。”以此表白为人处世当品格高尚，刚直不阿，经得起风霜雨雪的磨砺，并含蓄地隐喻当今领导干部要为政清廉，去骄去躁，高风亮节，像劲竹一样。画如其人，朱先生一辈子就是秉承着这种高尚品格走过来的。他衣着十分简朴，住宅十分简陋。我去过他的住房，很窄小，画室书房很拥挤。搞雕塑不如画画赚钱，也很辛苦。但他不管有什么任务，都毫无怨言，不计报酬去干。比如有李明瑞、韦拔群等同志形象的百色起义革命先烈纪念碑的雕塑，就是他在任务重、时间紧的情况下完成的。

朱培钧先生是一位有文化自信，勇于探索，敢于创新的中国著名艺术教育家。朱先生从事教学工作数十年，几十年如一日，言传身教，无私奉献了青春年华，为雕塑事业洒下一片爱心。他带着学生向中国传统艺术学习，他认为中国的美术教育不能照搬国外的，一定要探索出具有民族传统，具有中国特色的美术教育体制，提倡古为今用，推陈出新。因此在中南美专的时候他带着学生到云冈、龙门石窟去参观学习，并实地临摹、翻制。回来后举办了图片、拓片资料、文字展，并举办中国古代雕塑艺术讲座。朱先生还特别注重把民间雕塑列入教学课程，搜集了大量的民族、民间雕塑，探索出一套具有浓厚中国传统文化色彩的雕塑艺术教育方法，受到教育界的赞誉。他爱护学生，在教学中亲力亲为，手把手教，既是老师又像父亲，既是导师又像家长，几十年来，培养了一批批优秀雕塑人才，可谓桃李满天下。

古往今来，每个历史发展阶段，都会随着时代的发展涌现出一大批文艺巨匠和无数不朽作品，汇成中国文艺的历史星河，成为我们珍贵的文化遗产和精神财富。朱培钧先生只是这条星河中的一员。今天，我们纪念他，如同纪念其他逝去的老一辈艺术家一样，当我们回望他们取得的辉煌成绩，纪念他们为中国文化发展做出的卓越贡献，因而感到无比崇敬的同时，应当从他们身上学到为人、做事、从艺的高尚品质，进一步加强思想积累、知识储备、艺术训练，提高学养、涵养、修养，做一个追求真才学、好德行、高品位的德艺双馨的艺术家，为实现中华民族伟大复兴贡献力量！

文坛竞秀抒情怀

——怀念谢云先生

“谢云同志为广西宣传文化事业发展贡献了智慧，付出了心血，他的艺术成就和人格风范，永远值得我们尊敬与怀念。”

这是92岁高龄的谢云先生2021年8月因病在北京逝世时，广西壮族自治区政府发的唁电中的一句话。

谢云先生20世纪50年代从文化部下放到广西工作，曾任广西新闻出版局局长、广西出版总社社长、自治区党委宣传部副部长、广西书画院院长。他1991年离职休养，在广西工作长达三十二年之久，把大好的年华奉献给了广西宣传文化事业。今天谈到广西的新闻出版事业和广西书画艺术的发展，不能不提到谢云先生其人其事。

我和谢云先生相识于20世纪70年代，那时他担任广西出版事业管理局编辑部农村夜校编辑室副主任。当时为大力宣传推介各地创办农村政治夜校的经验和教学内容，出版局办了一本叫《农村夜校》的杂志。那时我正在河池地区工作，喜欢写点民歌和农村小故事，给这本杂志投稿。有一次我到南宁开会，顺便到《农村夜校》编辑部拜访，当时谢云先生正在编辑室看稿子，我自报家门向他问好，他点了点头笑着说："好啊，欢迎欢迎！"他和我简单地寒暄几句，叫其他同事接待我，便又埋头看稿子。他讲着带有浓重温州口音的普通话，不太好懂，中等个子，衣着别具一格，精致儒雅的外表带着书卷气，这使我们这些从山里来的年轻人有几分敬畏感。后来，我调到自治区政府办公厅工作，他已提任广西人民出版社副社长，我们偶尔见面，交谈不多。

20 世纪 80 年代末我从南宁地区调到自治区党委宣传部工作，分管新闻出版和干部工作，当时谢云先生任自治区出版局局长，自治区出版总社社长、党组书记。我们常在一起开会，参加各出版社的活动，交往甚密。因为工作的关系和共同的爱好我们合作得很愉快，可惜时间太短，1990 年 6 月他因年龄关系离职休养了。有一天，我接到中国文联人事部门电话，拟调谢云先生到中国书法家协会工作，征求自治区党委宣传部的意见，并要我简单介绍谢云同志的情况。我对他的情况比较了解，当即做了详细的介绍。后经自治区党委组织部和宣传部同意，谢云先生被调到中国书协工作。后来他创办了线装书局，任首任总经理、总编辑，继续为国家出版事业发挥余热。

谢云先生在广西主持自治区新闻出版局工作期间，紧紧把握新闻出版导向，守土尽责，严格管理、开拓创新，取得了不俗的成绩，做出了重要的贡献。20世纪80年代末到90年代初，正值广西改革开放步入快车道的时期，百业待兴，百舸争流。广西新闻出版系统按照党的方针政策进行出版、印刷、发行等方面的改革，采取一系列有力措施，克服纸张短缺、印刷紧张、图书市场萎缩等困难，保证了本版图书和课本的正常出版，保证了各项工作积极稳步发展。那些年，在谢云先生带领下，广西出版行业正确处理社会效益与经济效益的关系，抵制了“小报风”“新武侠小说”的冲击，坚持把社会效益作为最高准则，明确提出广西出版的图书以普及为主，兼顾提高，在注重积累科学文化知识的同时，注意满足多方面、多层次读者的需求，积极出版具有地方特点、民族特色的图书。在出版管理工作上，和自治区党委宣传部紧密配合，全面整顿小报、刊物，查处非法出版物，净化图书市场，收到良好效果，得到上级领导部门的表扬和业内的广泛好评。

谢云先生是浙江苍南（原平阳县）人，自幼受中华文化熏陶，习字习诗，书法广涉秦、汉魏碑铭经典，尤其在习篆文上下了很大功夫。他习秦小篆、玺文、金文、籀文、甲骨文并鸟虫篆及诸异篆，在这个基础上积极探索，大胆创新，融篆、隶、行为一体，形成独树风格的谢氏童体书法艺术，成为中国书坛一绝。这种书体从传统中来，又不失规范，是在规范的汉字里融进了现代的意识，有自己的规律和探索。欣赏这种字体仿佛进入一个别样的艺术世界，从感性到理性，体悟其中之奥妙。正如谢云先生所言："真书家每将个性和自身在天壤间独有感受同时付之毫端，脱形形在，重义不限训诂，沙见恒河，须弥藏芥子，天人合一，主客同体，引发欣赏者种种遐思妙想，验证先逝创造文字艰辛历程，如千载发于一瞬间。陶然会心一笔，其乐何如？"谢云先生在出版理论与实践，书法研究与创新，国学研究和辞赋创作等方面都很有成就，可谓著作等身，尤其书法作品颇丰，书画著作有《谢云篆书》、《灯前遗墨》、《谢云书法集》、《谢云八十书画》、《谢云鸟虫篆书法艺术》、《谢云书画艺术》、《谢云画集》三卷等作品。他因对现代书法的探索研究与大胆创新，被誉为中国当代书法领域的重要开拓者和奠基人。

见字如面，字如其人，字如其品。欣赏谢云先生的书法，你会感受到他那儒雅、知性、真诚、谦和的人格风范。谢云先生离休之后，便在北京定居，因年事已高很少回广西，但我们到北京请他出来坐一坐，只要还能走得动，他拄着拐杖也会高兴地和我们见面。谢老见到我们便对广西的情况问长问短，十分关心广西文化艺术的发展。那年广西书协要打造八桂书风书法艺术品牌，他知道后非常赞同，认为广西书法有良好的基础和优秀的书法家群体，可以形成自己的书法风格，对八桂书风的繁荣发展寄予厚望，同时对如何打造八桂书风提出了很多宝贵意见。每次和谢云先生交谈，他都引经据典，津津有味地讲述书法艺术和国学知识，你会感到他和你是朋友、文友、书友，交流起来格外亲切舒心。真所谓：和一个高人聊天，你长了知识，他多了一个崇拜者！

自古以来，世上有各种各样的追求，高尚的追求，使生命变得壮丽，使精神变得富有。人的寿命应由充实的内容和生存的时间来衡量。谢云先生是充实的一生，智者的一生，奉献的一生，他的艺术生命比实际生命更为久远！虽然他永别我们而去，但他的品德风范、艺术成就、精神生命会美誉流芳！

愿先生在九泉之下安息！

方寸间龙行光跃

——怀念著名雕刻艺术家帅立志先生

艺术家的名字同他的艺术联系在一起，而他的艺术生命要比他的自然生命长久得多。中国著名的广西籍雕刻艺术家帅立志先生走完了他的艺术人生，永远离开了我们，但他的艺术、艺德、艺风和他的艺术品一样永存人间，永远是我们学习的榜样！帅立志先生以雕刻闻名于世，他的雕刻，字小气大，入险出夷，刚柔相济，开合得体，刀法凝练，游刃有余，方寸中能旋乾转坤，纤毫间能龙行光跃，刀锋左右逢源，字韵灵奇多姿，章法老辣自如，堪称一绝，蜚声艺林，是享誉海内外的著名雕刻艺术家。

帅老出身于书画艺术世家，其父帅础坚是将西洋画传入广西的第一人，是著名美术教育家、画家。他自幼喜好艺术，9 岁起便在父亲的教导下练字刻章。他的父亲常叮嘱他要“爱不可弃，学而不辍”。青年时代他就在书店以“之波篆刻治印”挂牌收件，强制自己练刻字。1942 年毕业于重庆特种技术训练所，先后在徐州、上海、广州等地工作，新中国成立以后调回广西邮电系统工作。帅老无论干什么工作，都没放弃钻研书法和篆刻艺术，创作了许多作品，很快便在广西壮族自治区内外有了名气。他参加策划并校刻了广西日报《毛主席指示信手迹》大理石碑座，他的竹刻书法艺术作品《郭沫若诗》被作为国家礼品赠送给日中友好协会。之后，他连续在报刊上发表书法篆刻艺术作品，并获全国邮电职工书法大奖。

那时正是帅老艺术创作十分活跃，极负盛名的年代，20 世纪 80 年代初，他被调入广西壮族自治区文联工作，任中国书法家协会广西分会秘书长、常务理事，成为广西专职的书法家。这个时期是他的书法刻字艺术创作的高峰期，展览不断，佳作迭出。

1980 年，他的竹简书法刻字《鹧鸪天・迎鉴真大师像回国》为日本唐招提寺收藏。竹简书法刻字作品《周恩来——雨中岚山诗》作为国家礼品由中国政府访日代表团赠给日本首相。日本文化出版局出版《太极拳修养》一书，特约帅老篆刻太极拳名句印章 21 方编入出版。帅老篆刻作品《独有关雄驱虎豹》，选入现代书法篆刻展，并赴日本群马县、名古屋等地巡展。1982 年出版竹简书法刻字《王宗岳太极拳经》，并应日中友好协会邀请访问日本。中国新闻电影纪录片《祖国新貌》专题报道了书法篆刻家帅立志，中央国际广播电台日语广播节目播出了篆刻家帅立志访日归来录音采访。他独创了

“二重淡墨书法”技艺，提出“三线两变”的篆刻法则，得到篆刻艺术界的赞赏。1983 年在广西博物馆举办帅础坚三代书画展，帅氏三代共计二十二人参展。而后帅老与其兄帅立德赴美国旧金山举办帅础坚三代书画刻字艺术展，开启广西书画家在美国办展先河，开拓了书法篆刻艺术的对外交流活动。1988 年帅老获自治区政府颁发的首届“振兴广西文艺铜鼓奖”，成了名声赫赫的篆刻艺术家。帅老为人十分谦逊，无论谁请他刻印章，他都有求必应，而且认真刻制。他常说，要达到别具风格的艺术水平，我还有很大差距，但刻一方印，犹如一朵友谊之花，这是能办得到的。

20 世纪 80 年代中期，帅老办了退休手续，但他退而不休，依然全身心地投入到艺术创作之中，笔耕、刀耕不辍，成果丰硕，经常外出参加各种艺术交流活动。20 世纪 90 年代初，他在敦煌市博物馆举办个展，之后完成竹简书法刻字作品《戚继光三十二图拳法竹刻本》、泥兴陶《澳门回归》、《神龙腾飞》瓶等代表作，其中鬼谷子兵法《分威》竹刻书法为中国人民革命军事博物馆收藏。他先后出版了《帅立志篆刻集》《帅立志刻字艺术》《竹刻书法 · 王宗岳太极拳经》《帅立志、帅民风、帅民心父子三人书画刻字作品集》《帅立志篆刻集》等作品集。他还被中国民族体育艺术团聘请为艺术顾问，参加在法国举办的“国际民族民俗艺术节”。广西电视台文艺部以专题文艺片《莫道桑榆晚，为霞尚满天》介绍帅老的艺术人生，引起很大反响，人们从帅老的生平事迹中，看到了追求篆刻艺术道路上的艰辛与成功，幸福与快乐！

为了使离退休老干部老有所学，老有所为，他积极创建广西老年书画研究会，全心全意地向会员们传授书画技艺。1997 年为庆祝香港回归，他组织广西全区老年书画研究会的诗人、书画家、篆刻家共三百五十余位，集体创作了《珠还中华》九十七米巨幅诗书画长卷，并在广西博物馆展出。同年，帅础坚艺术馆在桂林落成并举办帅氏家族四代书画刻字艺术展，帅老任该馆首任馆长。2005 年帅老前往新加坡举办帅立志书法刻字艺术展，为中新两国文化交流做出了很大贡献。他八十高龄时，依然坚持参加社会公益活动。作为广西中华文化促进会年龄最大的副主席，他每年春节冒着严寒，为群众义务写春联。帅老不仅平时几十年如一日地坚持艰苦的艺术创作，而且在病重住院期间，仍在琢磨书法刻字的结构和总结书法理论。那年，广西区文联机关大门要改造，我请他为大门两侧刻“文学艺术”“百花齐放”八个大字。当时他刚刚出院，身体比较虚弱，但他二话没说，满口答应。经他精心构思和布局、雕刻，很快完成两幅作品。这是帅老留下的最后一件雕刻精品。

我和帅老认识是在 20 世纪 80 年代初，那时覃应机同志经常请一些艺术家到办公室座谈，了解文艺工作情况。有一次，帅老参加了，因为我对他慕名已久，便主动和他聊了几句。因为是晚辈，之后也没有多少联系。真正交往是我到自治区党委宣传部工作之后，每次参加一些大型的文艺活动都能见到他，每次见面帅老都对我说些鼓励的话。2007 年我在南宁举办了第一次个人书法作品展，他看完书展后给我写了一封很长的信，信中肯定了我的书法运笔有势，字体朴实，自然流畅，同时也指出有些笔画点线处理欠妥，还给我传授了很多书法理论，讲得十分中肯，真诚。末了他说："如果您有空，我想和您谈谈运笔及虚实开合的关系，这对您的书法会有好处！"看完信，我心里十分感动，立即给他打了个电话，约好见面时间。他还时不时给我写信，把自己最近遇到的问题和想法告诉我，供我们在工作中参考。他所提的建议都很实在，很具体。字里行间都渗透着他对广西文艺事业的执着追求和对晚辈的爱护，我很受感动。

帅老在国内外享有很高的声誉和威望，已属著名艺术家，可他平易近人，谦虚谨慎，从他身上看不出一个名家的架子。平时跟晚辈们谈话聊天，他亲切和谐，语重心长，且开言必谈书法、篆刻。每次参观书展，他对书法篆刻作品的评点十分严格，一针见血，不留情面，看得出他对艺术精益求精的要求。有一次，我有一幅字参加区直机关书法展，他看到之后，对我说，你的字写得不错，可名章与闲章都不行，太一般了，与整幅字不匹配。过后，他特别为我刻了名章和闲章，至今我一直用着。我到文联工作之后，曾到帅老家看望他，他住的还是20世纪70年代建的大板房，很拥挤，在十多平方米的书房里堆着各种书籍和他的书法篆刻作品。看到这种情景，我心里十分难过，很抱歉地说："帅老，很对不起啊，没想到，您的住房条件这样差……"没等我把话说完，帅老笑着说："住了几十年也习惯了！"我紧握着他的手，激动地说："谢谢您老人家的理解！"不久，文联建了新的宿舍楼，帅老分了一套，可是他没等到住上新房，就离开了人世。他这种乐观豁达、艰苦朴素的品质永远值得我们后辈学习。

帅老把一生献给党的艺术事业，创作出的书法刻字作品享誉中外，他的一生是为艺术奋斗不息的一生，是孜孜不倦学习与追求的一生，是全身心奉献给艺术的一生。他是德高望重的艺术名家，那年，他获得中国文联及广西壮族自治区文联颁发的"从艺60年"贡献奖、首届广西工艺美术大师精品特别成就奖，这是对帅老艺术人生的充分肯定。他为艺术付出了终生的时光，不愧为一位有崇高艺德的艺术家。如今，帅老虽然已经离开我们，但他的艺德光照人间，艺术精神永存，艺术生命永存！

去留肝胆两昆仑

——怀念钱兴同志

1948年11月中旬，原中共广西省工委书记钱兴同志在一次突围中壮烈牺牲，在他牺牲50周年的日子里，他的战友、部属的一部分老同志和党史工作者聚会广西，举行座谈，共同缅怀这位忠诚的共产主义战士、中共广西地下党优秀的领导人。钱兴同志的夫人邹冰大姐参加了座谈会。我作为自治区分管意识形态的负责人，应邀参加了会议。

为了开好这次会议，了解钱兴同志的生平事迹，我翻阅了中共广西地下党党史及有关资料，从这些历史资料中，我对中共广西地下党、对钱兴同志的光辉业绩有了比较深刻的了解。那一页页翔实的史料，一个个生动的斗争故事，一场场艰苦卓绝的战斗，使我深受感动，深受教育！

钱兴同志1909年生于广西怀集县诗洞乡凤南村（现属广东）。他自幼勤奋好学，富有进取精神。20世纪30年代初，钱兴同志在中山大学法学院求学期间，努力探索抗日救国的道路，积极参加校内外的抗日救亡运动。1935 年 7 月，他加入了由共产党员组织的中国青年同盟。1936 年 6 月，钱兴同志在广州被国民党特务逮捕。在狱中，他坚贞不屈，守口如瓶。由于狱外党组织的营救活动和广大群众的声援，国民党广东当局被迫将他释放。经过斗争的严峻考验，钱兴同志于 1936 年秋光荣加入中国共产党，并担任中山大学党支部书记。1940 年冬，国民党顽固派悍然发动第二次反共高潮，八路军驻桂林办事处将被撤销。中共南方工作委员会根据南方局的指示，为加强对广西革命斗争的领导，决定重建广西省工委，任命钱兴同志为书记。钱兴同志受命于危难之际，受命于国家和民族生死存亡的关头，他毅然奔赴桂林，筹建广西工委，并积极开展工作，组织发动了轰轰烈烈的抗日救亡运动。

钱兴同志担任中共广西省工委书记近七年时间，是新民主主义革命时期任职时间最长的中共广西地下党领导人，他的名字与广西抗日战争、解放战争的革命斗争历史紧密相连。他领导了抗日战争中期的广西抗日救亡运动和抗战后期的敌后游击战争，组织发动解放战争时期的广西武装起义，为广西的革命斗争做出了卓越的贡献！

钱兴同志作为中共广西地下党的领导人，在对敌斗争十分艰难困苦、尖锐复杂的恶劣环境中，他克服重重困难，越过种种险阻，在广西各地整顿、恢复、发展各级党组织和救亡团体，大力培训干部，领导党员在逆境中继续开展各种形式的抗日救亡运动。他认真贯彻执行党中央制定的国统区工作方针，适时调整斗争策略和工作方式，使各级党组织既能积极开展活动，又能保证自身的安全。这一切都体现了钱兴同志坚定的共产主义信念，崇高的理想追求和严守党的纪律、无限忠诚于党的事业的高尚品质。

由于局势的变化，城市党组织遭到严重破坏，钱兴同志决定把党的工作重点转入农村。1942 年 10 月，钱兴同志转移到钟山县英家乡偏僻的山村白沙井，后又转到牛峒、黄宝村，在那里领导党在全省党的工作。他以“难民”的身份和省工委机关的同志自搭茅棚栖身，自己开荒种玉米、红薯，割草烧石灰，以维持生活并挣钱作为党的活动经费。由于工作繁重，生活艰苦，他积劳成疾，患了肺结核。但为了党的事业，为了全民族的解放，他含辛茹苦，忘我工作，积极发动群众，开展抗日武装斗争，直接指挥桂东北地区的抗日游击战争，创建了几十支共数千人的各种类型的抗日游击武装，建立了多个区、乡抗日民主政权。抗日战争胜利之后，钱兴同志按照党中央的战略部署，在开展争取和平民主斗争的同时，积极做好开展武装斗争的准备工作，把政治斗争和经济斗争结合起来，发动群众开展求生斗争。根据广西当时对敌斗争的形势和特点，适时提出了积极准备武装起义、广泛发动游击战争、创造游击根据地、摧毁反动政权、建立新解放区的战略方针，这为后来广西游击战争发展奠定了基础。这一切，充分体现了钱兴同志艰苦奋斗、廉洁奉公、无私奉献的公仆精神；体现了他实事求是、多谋善断、驾驭全局、敢于斗争、善于斗争的革命胆略和领导艺术！

钱兴同志是在解放前夕壮烈牺牲的，他没有看到新中国的成立，没有看到八桂大地飘扬的红旗，没有看到今天欣欣向荣、如花似锦的广西；但他的光辉业绩永垂青史，他的革命精神、高尚品质光照千秋，这是留给我们最宝贵的精神财富。我们要学习钱兴同志忠贞不渝、不折不挠的革命意志，坚定不移的共产主义信念，始终如一的理想追求；学习他勇于探索，勇于进取，勇于战胜一切艰难险阻的革命气魄；学习他艰苦奋斗，廉洁奉公，无私奉献，关心同志，爱护同志的公仆精神；学习他谦虚谨慎，密切联系群众的优良作风；学习他实事求是，多谋善断，驾驭全局的领导艺术。我们可以从中汲取丰富的精神营养，进一步加强党的思想、组织、作风建设，增强战斗力、凝聚力、感召力，把我们的各项工作做得更好。

我们要认真收集、整理广西党的建设的历史以及抗日战争、解放战争的历史文献和材料，利用各种机会，通过各种渠道，采取各种形式，对广大党员、各族人民群众，特别是青少年进行党的光荣历史、优良革命传统教育，进行社会主义、爱国主义、革命英雄主义教育，激发广大干部群众艰苦奋斗的精神，继承革命光荣传统，开拓进取，把广西建设得更加富裕、文明，以告慰为保卫、建设发展这片土地而抛头颅、洒热血的革命先辈们！

钱兴同志永垂不朽！

征途漫漫，一路生花

——深情怀念陈贞娴同志

陈贞娴同志是广西妇女干部的优秀代表，是我十分尊敬的老大姐、革命老前辈！

我是20世纪80年代初认识陈贞娴同志的，当时我在自治区覃应机主席身边工作，她在自治区党史办任副主任，因为应机主席很关心和重视党史工作，经常把区党史办的同志叫到他办公室了解和商量工作。每次到应机主席办公室，贞娴同志都来得比较早，因此我有机会和贞娴同志单独交谈。她为人很谦逊和蔼，待人诚恳，作风严谨，平易近人，和她交谈无拘无束，我常叫她陈大姐。

贞娴同志是一个女秀才。她善于思考，勤于笔耕，每次讨论党史问题，她的发言不乏远见卓识，条理清晰，常切中要害。当时我在做会议记录，她的发言，我都认真记录，每到精彩之处，还用红笔打红杠杠。她常在党史杂志和其他一些报纸杂志上发表文章，她的文章清新、亲切，文笔流畅、语言质朴、言简意赅、思想敏锐。

每篇文章都给我留下了深刻的印象。

在平时的交往和同党史办同志的交谈中，我略知贞娴同志充满传奇色彩的身世和经历。她是广西最早一批投身革命的女学生之一。她早在1936年就读于广西大学文法学院附中时，就接触了中共广西地下党，接受了马克思列宁主义理论，后来加入了“抗日反法西斯同盟”。1938年12月她毅然参加学生军，任第一团班长。在以后漫长的革命生涯中，她当过教师，但最多时间是从事妇女工作，担负桂林妇女抗战后援会的组织、发动工作，后任香港九龙妇女联谊会常委、宣传部部长，中共华南分局青年妇女工作团团员，广州市妇女工作委员会宣传部部长，代表广西出席亚洲妇女代表大会。1950年她参与筹建广西省妇联，任筹备处主任，是广西妇联的创始人之一。她在《中国妇女史探》前言中这样写道：“在青少年时代，我目睹了社会上歧视、虐待妇女甚至被打致死的惨状，深深地触动了我的心灵。”于是她开始立志研究中国妇女的问题。几十年来，她为妇女事业的发展做出了重大的贡献！

贞娴同志对我们晚辈十分关心，她常对我问寒问暖，关心我的生活和工作。当年我时不时在报上发表一些文章，每次见面，她都说：“潘琦同志，你的文章我看了，写得不错！”接着她会提出自己对文章内容、观点的一些看法。她的话很亲切，又很直白，这对我的创作有很大的帮助。有一次，我写了篇回忆覃应机同志的文章，在《党纪》上发表，她看了文章之后，便打电话给我，说文章写得很有感情，很感人，可惜应机同志很多生动的东西没有写进去，文章显得单薄了些，希望我多看些资料，多与老同志交谈，一定会写得更好。后来我收集了应机同志的一些资料，又从几位老同志那里了解到应机同志的个性和做人原则，又写了一篇文章，在《南国早报》上发表，她看后大加赞扬。

更令我感动的是 20 世纪 80 年代的一件事。20 世纪 80 年代中期，我在应机同志身边工作了五个年头。做领导秘书工作，有一个不成文的规矩：一般工作几年之后，便要换个工作岗位。当时应机同志一直没有让我调换工作的意思。一天贞娴同志问应机同志："应机同志，我们想把潘琦同志调到自治区党史办，你看行不行？"应机同志说："你们要打我的主意呀！那你得给我找个能顶替小潘的人！""那好办！"贞娴同志笑着说。

得到应机同志默认之后，贞娴同志便亲自带队去考核我。她到河池、罗城和我的母校进行认真的考核。1984 年初，经自治区党史办党组研究，决定向区党委提名我任区党史办副主任，方案先报到应机同志那里。第二天，应机同志把我叫到办公室，开门见山地对我说："区党史办要你去当副主任，你想去吗？"我不假思索地说：

“我听从组织安排，叫我去就去，不叫我去就不去！”应机同志抽了口烟说：“我看你不要急着去要那个副厅级，还是先到区党委统战部当处长吧！”“到统战部也行，听从组织安排。”我很乐意地回答。就这样，我到统战部一处当了处长。后来，贞娴同志谈起这件事就说：“潘琦同志呀，你本该是党史办的人，被应机同志一句话全变了！”尽管我没能去自治区党史办，但我非常感激贞娴同志，因为后来组织上对我的提拔重用，她那次的考核材料起到了很大的作用。从贞娴同志的身上，我深深感受到老前辈对年轻一代的关心、关怀和关爱！

贞娴同志离休之后，我们便很少见面了，只有在每年元旦、春节，在老同志的聚会上能见到她。每次见到她，我都会和她交谈几句，祝福她健康长寿。她则会鼓励我好好工作，为广西的文化事业做些好事实事。那天，我去参加陈岸同志遗体告别仪式，见到贞娴同志。她和陈岸同志是一对革命征途上的夫妻，陈岸同志逝世对她打击很大，由于悲伤过度，她身体十分虚弱。我紧紧地握着她的手，安慰她节哀保重，她频频点头。后来不久，我在医科大附院干部门诊部的电梯里又见到贞娴同志，她坐在轮椅上去做重病检查，这竟是我们最后一次见面。在此后不久的一次会议上，她的女儿海燕告诉我，她母亲已走了。当时我不在南宁，来不及告诉我。听她一说，我心里十分悲痛，为自己没有送贞娴同志最后一程深感内疚。几天以后，海燕给我寄来了她母亲的生平材料和《中国妇女史探》《征途漫漫》两本专著。我带着深深的敬佩和怀念认真拜读了《征途漫漫》，书中前几页放了贞娴同志不少老照片，这些珍贵的照片，记录了她的友情、亲情、爱情、乡情。照片中闪现着贞娴同志青年时期清秀、儒雅的身影，书中无不闪烁着她敏锐的眼光以及深邃的思想，记录着她从一个青年女学生成长为一个坚强、勇敢、成熟、执着的革命干部的艰辛、曲折的历程。她成长的道路是曲折坎坷的，但她的人生是丰富的、闪光的。正如李殷丹同志为她题的词："漫漫征途见忠诚，可歌可赞革命情。"陈贞娴同志的一生，是革命的一生、战斗的一生，是全心全意为人民服务的一生。她为党和人民的事业鞠躬尽瘁，死而后已。为广西的经济发展和社会进步，为广西的妇女工作，倾注了满腔热情和全部心血。她的逝世使我们失去了一位好党员、好干部、好大姐。她的革命精神、崇高品德、优良作风、光辉业绩，将永远铭记在我们的心中。

贞娴同志安息吧！

丹心一片献山乡

——怀念刘万祥同志

一个人的社会的价值首先取决于他的感情、思想和行动对推动人类进步有多大作用。人的一生能尽自己的心力，使社会上的人多得他工作的裨益，是人生最快乐、最有意义的事情。刘万祥同志是一名优秀的共产党员，他参加工作之后，坚决服从组织安排，忠诚党的事业。从北到南，从部队到地方，从城市到偏僻的少数民族山区，几十年如一日，他为党和人民的事业劳苦奔波，尽心尽力，做了许多实事、好事、群众受益的事，体现了一个共产党员的人生价值。

刘万祥同志1928年出生在黑龙江省肇源县的一个小村庄，1947年参加中国人民解放军，在四十四军一三二师政治部当宣传员。后随军南下进入广西，先后在玉林、容县、河池军分区工作，1970年任罗城县委书记兼武装部政委。罗城县世居着汉、壮、仫佬、苗、瑶等民族，这里到处是崇山峻岭，交通闭塞，经济以农耕为主，工商衰弱，算是穷乡僻壤。其地形像一个倒扣的锅，县城就在锅底上，山溪水四面下流，存不住水，十年九旱，水是罗城发展的关键。刘万祥同志上任之后，发动群众大兴水利建设，找水源，筑水库，挖渠道，修山塘，建水坝，千方百计解决工农业和群众生活用水问题，很多“望天田”变成了自流灌溉的保水田。在县城建了自来水厂，解决了长期困扰县城居民的用水问题。仫佬族同胞唱道：“仫佬山乡变了样，高山岭上修水塘，旱地变成保水田，感谢恩人共产党。”

县城所在地东门镇是个小山镇，只有一条街道横穿全镇。当时县财政非常困难，但万祥同志依然下决心抓县城市容市貌改造建设。他四处筹集资金，搞规划，跑项目，发动县机关和街道居民积极参与市政建设，拓宽城区面积，改造旧屋，新建楼房，铺柏油路，植树造景，重布路灯，美化街道。各单位和居民实行门前“三包”，改变脏乱差的现象，县城面貌为之一新。万祥同志是个责任心很强的人，对县城的建设牵肠挂肚，每天一大清早就起来，独自沿新修的街道走一圈，发现哪条街道，哪个门面，哪处路口不尽人意，上班后马上找分管的领导一一指出，并限时解决。对于县城面貌的大改变，群众反映极好，上级有关部门三番五次到罗城开小城镇建设现场会。原先不为人知的小县城，变得小有名气。各地纷纷组织人来参观，罗城县城规划建设成了当时小城镇建设的先进典型。

黄金、龙岸两地是血吸虫高发区，历史记载，很多村落被血吸虫摧残，已绝无人烟，“万户萧疏鬼唱歌”。万祥同志任县委书记的那届领导班子，在历年消灭血吸虫，医治血吸虫病取得成果的基础上，集中人力、财力、物力，广泛发动各族群众掀起开新沟填旧溪，消灭钉螺，查病治病，水管粪管防治血吸虫病的群众运动。经过几年的艰苦奋战，取得了决定性胜利。20 世纪 70 年代末罗城基本消灭了血吸虫，许多被血吸虫摧残濒临毁灭的山村又恢复了生机，呈现出一派人旺粮丰、欣欣向荣的动人景象。那些年县委还抓了合作医疗卫生工作，充分发挥山乡赤脚医生的作用，初步解决了农村缺医少药的状况。

党中央发展民族地区工业的政策，加快了少数民族地区经济发展。20 世纪 70 年代初罗城县委狠抓了地方工业发展，在国家的人力扶持下，县委根据罗城县的资源和工农业生产的需求，先后兴办了为农业服务的农机修造厂、氮肥厂、磷肥厂和农具厂等二十多个国有工厂，有力地支援了农业生产。各社队也自己办了小煤窑、小型农具厂、粮食加工厂、砖瓦厂和林场，改变了偏僻山区没有工业的历史。边远落后的民族地区实现了谷物脱粒、排灌加工、运输、耕作机械化或半机械化，大大地解放了劳动力，促进了仫佬山乡经济的发展。

党历来重视少数民族干部的培养教育。万祥同志在罗城工作期间，坚持贯彻党的干部政策，十分重视少数民族干部的培养。县委常委经常讨论研究少数民族干部问题，从基层选拔了一批年轻的仫佬族干部，充实到县直机关和各公社领导班子，还输送一些文化程度较低，但实际工作能力强的少数民族干部，到各级党校学习，送去区内外高校进修。组织部门动员区内外高校本地大学生，毕业后回仫佬山乡工作。在党的阳光雨露哺育下，一大批少数民族干部，特别是仫佬族干部茁壮成长，成为仫佬山乡各项事业发展的骨干力量。

我 1970 年大学毕业后被分配回县委新闻报道组工作。在一次参加讨论县委会议文件时，第一次接触了县委刘书记。后来常参加起草县委文件和领导讲话稿，听他做报告，特别是我进了县委常委班子，调到县委办公室工作之后，与万祥同志交往甚密，工作上我们是上下级关系，情感上我把他当师长、亲友。他是个典型的东北爷们，为人正直，待人真诚，很重情义，人挺幽默，平时爱开点玩笑。他思维敏捷，思路清晰，办事果断，雷厉风行。他对工作要求很严，管得很细，一丝不苟。在罗城工作期间，他在干部群众中口碑很好。

我和万祥同志有较深的交流是在他下农村蹲点和群众搞“三同”（同吃同住同劳动）时。他是北方汉族，听不懂仫佬话，要带个翻译，还特定了翻译的条件：本地人，会讲仫佬话，年纪轻，有写作能力。当时我在县新闻报道组，组织部选来选去把我选上了。就这样我和刘书记朝夕相处了一个多月。他块头虽大，身体却不是很好，患有高血压，睡眠也不好。我用仫佬话告诉生产队长，尽量安排些轻活给刘书记。开始他以为干的活和村民们一样，后来发现不对头，便问我："队长是不是专派些轻活给我们哪？"我笑了笑不回答。第二天刘书记早早起来，吃完早餐硬是跟大家一块儿去挖田头水柜！那天我真怕他累坏了，可晚上他还继续召开基层干部座谈会。

在农村蹲点的那些日子，我和刘书记同住一个房间，两张床并排睡。开始我非常拘谨，生怕打扰领导。每天晚上聊天都是刘书记拉开话题，和我拉家常，询问我的家庭情况、个人经历，讲仫佬族的风土人情、生活习惯、民间故事。有时还让我谈谈对县委工作的看法和建议，并说，你是当地人，又是仫佬族，对家乡的事要尽心尽力，多出点主意，努力做好工作，为家乡建设贡献智慧和力量。他很健谈，知识面也很广，有时话匣子一打开，会聊到二更半夜。前后一个多月的接触和深入了解，我从万祥同志身上学到很多东西，这让刚出校门参加工作的我，受益匪浅，真可谓听君一席话，胜读十年书！

刘万祥老书记丹心一片，始终情系仫佬山乡。后来他调到地区和自治区工作，还一直牵挂着山乡的建设，一有时间便回罗城走走看看，看望老同志，拜访老战友。县里一些重大活动都邀请他回来参加。他视罗城为第二故乡，他爱这里的山山水水、一草一木，爱这里纯朴善良、热情好客的人们，时刻关心、关注着仫佬山乡的建设、发展。山乡的人们也把他当作亲人，视为朋友，称他为仫佬山乡的贴心人！

如今，每当我回忆起几十年前的情景，恍若昨日，很多人物、场景、画面历历在目。刘万祥同志已逝世多年，早就该写篇文章悼念他，但一直没有写成，这次总算是补上了，了却了心愿。我和刘万祥老书记工作过一段时间，受他教益那么多，得到他很多帮助，要写的东西还很多，可毕竟是几十年前的事情了，记忆力有限，且纸短情长，谨以此文缅怀他老人家。

海之子赞

——献给优秀共产党员、海洋专家何明海

一

你已经随海潮走了，永远地走了！

走得是那么匆匆忙忙，没有留下一句话，没有吃一顿好饭，没有带走一件像样的衣物……

人们呼唤着你的名字，释放出所有的哀痛和悲伤。你的名字是全部海水凝成的一粒多芒的晶体，你的名字是横过荒岛的一片洁净湛蓝的海面。

我用粗疏的笔墨，写出这一行行深情的话语，献给你——大海之子，以表达对你的崇敬、悼念之情！

二

你生在大海，住在大海，耕耘在大海，献身于大海，你与大海有不解之缘，连名字都有个海。大海没有你会显得冷寂，大海因为

有了你才感到骄傲。

从爱上海洋的那一天起，你便立志把毕生精力献给祖国的海洋事业，为人民造福。你终年坚守在大海母亲的身旁，热情地拥抱，默默地工作，专注地研究，执着地追求。你一旦走进自己的空间，就像进入自由王国一样，那种全神贯注的投入，那种成竹在胸的自信，那种一丝不苟的认真，凡与你共事，与你接触的人，无不为之感动!

在东海之滨，在北部湾畔，在红树林里，在大海滩上，在明亮的实验室，在荒凉的海岛，到处都有你洒落的汗水，都有你留下的鲜明足迹。你如同黄牛耕耘，脚踏实地，朴实无华。

啊！你不倦的航船，在大海上劈波斩浪前进，你的爱洒在大海，你的情献给了祖国的海洋事业!

三

人们展开深情怀念的双翅，飞向天涯海角，追寻你的英魂，捕捉真实而感人的事迹——

潮起潮落，当朝霞呈现比玫瑰更为娇艳绮丽的色彩，在涌动着爱与美的斑斓中，人们拾到了一颗颗晶莹剔透的珍珠，编织成美丽的珠链，传颂着动人的佳句:

知海才能爱海，知海才能用海，知海才能护海。

你知之愈深，你爱之愈深，爱之愈深，忧之愈重。为了按时出版《蓝色工程》，你通宵达旦伏案撰稿；为了传播海洋知识，增加人们的海洋领土意识，你不惜劳苦奔波，走军营，进学校，下农村，到渔港……做了一场又一场报告，你用纯朴的情感、流畅的话语、深刻的哲理、丰富的知识来打动人、启迪人、教育人；为了使渔民、农户脱贫致富，你带领群众开荒滩，建虾场。那年台风袭来，海堤瑟瑟颤抖，国家和人民生命财产危在旦夕，你带头顶风浪、堵缺口、护危堤。你一身泥水，一片忠心，深深扎根在黑土地蓝土地上。你的意志、你的光彩、你的灵魂，凝成了排山倒海的力量，鼓舞人们去抗风抢险，战胜灾害！

平日里，你最喜欢唱的歌是《爱拼才会赢》，地道的闽南音，雄浑的男子嗓音，唱得很投入，很动情。其实，你是用生命谱写“爱拼才会赢”的旋律，并唱出最强音！

四

人们都说，你属于吃的是青草，挤出的是乳汁的那种人。你给祖国给人民奉献了许许多多，却很少索取。论地位，你不算低；论名声，你是享受国务院特殊津贴的高级工程师；论才华学识，你有学术专著，有科研成果。然而，你从不张扬，从不炫耀，见人总是谦和、微笑。你的生活是那么平常、俭朴、清贫……

当你突然去世，人们清理你的遗产时，你的家当竟只有一张床、一张桌子、一把椅子、两个旧沙发，连个茶杯、热水瓶都看不到；几件衬衣，件件袖口起毛，一套六十元的西服，竟被妻子视为贵重衣物；办公室的抽屉里，除了文件、资料之外，全是药瓶。长期的病痛让你咀嚼着痛苦，你以罕见的坚忍与顽强抵御着、抗击着病魔，直到生命最后一息。

你那倔强的身影，那沉重的负累，那长久的奔波，那无私的心地，不正显示了共产党员的高贵品质和人生最美好、最高尚的追求吗？在你炫目的光芒下，那些世间的丑类、败类和低俗的人，都将黯然失色，甚或踪影全无。

五

你就这样走了！

你走得那么端庄，那么安详，那么坦然。你以始终不变的诚实和认真将最纯粹的芬芳留在人间，这是你特有的魅力，特有的风范，是我们精神文明的珍品，永驻人间。

有哲人说，一个人能把自己一生的美德留传给后人，又能为社会扎扎实实地做一些好事、实事，给世间人立一个样子，确实是“不朽”之事。人们在寥廓江天，呼唤你崇高的名字，追逐你不朽的思想！

你如同一座庄严的大山，永远耸立在我们中间；如同浩瀚的大海，永远激荡着人们心田。

流水高山

青山明月共乡愁

——怀念包玉堂同志

包玉堂同志是一位著名诗人，仫佬族第一代作家，彩调剧《刘三姐》作者之一，广西作家协会资深副主席。他不幸于 2020 年 4 月 28 日病逝。因时值新冠疫情期间，我无法去见他最后一面，十分遗憾，万分悲痛！特撰此文悼念这位德高望重的乡友、文友、诗友，文学艺术界的老前辈。生前，我们都亲切地叫他“老包”。

他——诗人、作家、仫佬族民间文学的开拓者，在党的民族政策光辉照耀下，经过半个多世纪的艰苦奋斗，不懈追求，辛勤笔耕，他终于以独到的视角、民族的自信、优美的诗文，立足于诗坛，跻身中国著名作家行列之中，仫佬山乡的人们都为他感到自豪！

他一生追求着什么？又眷恋着什么？他创作的众多优美动人的诗篇中，十分清晰地告诉我们……

老包，他出生在仫佬山乡一个偏僻落后的村庄，家境贫穷。小小年纪的他便给有钱人家放牛，10 岁才开蒙读书，长到 14 岁都没穿过一件棉袄。新中国成立后，他 15 岁参加工作，当上了一名小学老师。仫佬山乡是歌仙刘三姐的家乡，是歌海，他从小就在这歌海里长大，跟着大人学唱歌，学编歌。他凭着对仫佬山歌的一片深情和勤奋研究，编了不少歌唱毛主席，歌颂共产党，歌唱清匪反霸斗争、土地改革，歌唱新社会、新生活的仫佬族民歌，传遍了村村寨寨。他的文学天赋初次显露，他受到当地领导的表扬，引起人们的关注。之后他创作热情高涨，从山歌台、黑板报到报刊，从编新民歌，写通讯到写新诗、散文、小说、剧本，开始进行多种文体的文学创作。1953 年 7 月《宜山农民报》连载了他第一首长诗《谢豪光》，1956 年 6 月《广西文学》刊登了他的长诗《虹》，接着被《人民文学》转载，广西人民出版社出版了单行本，那一年《虹》还被收入全国《诗选》。老包一举成名，成为仫佬族第一代作家的代表人物。

人们问老包：是什么使你走上文学创作之路，与文学结下了不解之缘？他不假思索地回答："是党和人民，是仫佬山乡这片热土，是崭新的时代，是火热的生活！"

老包有诗人的情怀，文人的气质，极重感情，容易激动。他经常把自己的家乡、自己的民族放在心坎上，为家乡为民族的兴旺发展，特别是家乡的民族文化事业的繁荣而操劳。20 世纪 70 到 80 年代，他在自治区文化艺术部门工作，经常在繁忙的工作中抽空回仫佬山乡调研，采风，扶持基层文学艺术发展。20 世纪 70 年代初我在罗城县工作，有一次他独自搭坐老乡的货车回县里采风，我去车站接他时，见他一身灰尘，我说，怎么不坐班车回来啊？他笑着说，坐货车比坐拖拉机好多了。那次他要去黄金拜访几位民间艺人，第二天清早下着大雨，我劝他改日再去，他说时间来不及了，打把雨伞就走，一直在黄金待了三天才回南宁。他组织仫佬族作家搜集整理并出版的第一部《仫佬族民间故事集》，填补了中国少数民族民间文学的空白。他经常与仫佬族的青年作家、诗人谈心，给他们以鼓励与帮助，热切地期望他们走上正路，尽快地成长起来。不少文学青年，是因受过他的文学启蒙而走上文学创作道路的。他在为我一本书作的序中写道：“多少年来，我一直盼望着在家乡的土地上早日升起我们民族更多的文学新星，形成自己的文学星群，为祖国社会主义民族文学事业增添光彩。”这些话都表露出他作为一个仫佬人对家乡、对民族、对文学事业发展的一片深情！

我和老包既是老乡，是文友，更是师友，我的文学之旅能走到今天，与他的鼓励、帮助和指导是分不开的。20 世纪 70 年代初我大学毕业后被分配回罗城县宣传部新闻报道组工作，常在广西一些报刊发表点诗歌、散文。老包当时在广西乃至全国文学界已很有名气，作为家乡的名人，我极想认识他，但苦于没机会。有一次他回罗城竟然主动找我。那天，我在办公室赶写一篇新闻稿，他走进来用仫佬话问我：“你是潘琦吧？”我抬头见是老包，热情地握着他的手激动地说：“是呀！久闻您的大名，今天终于见到了！”他坐下说：“看到你发表的作品，知道你是刚毕业回来的，也想认识一下你这仫佬族的后起之秀！”打那以后，我们交往甚密，成为诤友挚友。他每次回罗城都会找我聊聊，询问创作情况，我写了作品他就带回南宁帮忙润色并向报刊推荐。1986 年 4 月，我的第一本散文集《山泉淙淙》出版时，老包为之作序。20 世纪 90 年代初，他四处筹资出版《南国诗丛》，还专门为我出了第一本诗集《山乡晨曲》，他在诗集的序中，对作品给予真挚、真实、真心的评价，希望我能在繁忙的工作之余，写出更多的好诗，为仫佬族文学事业增光添彩。后来我每发表一篇文章，出版一部作品，他都第一时间打电话或直接到办公室表示祝贺，并提出些意见和建议，是难得的良师益友！

多年的友好交往，真诚相处，使我深切感受到老包的许多优秀品质，他热情、勤奋、真挚、坦诚。他学历很低，文字功底薄，但由于对文学的热爱，他勤奋学习，刻苦努力，笔耕不辍。他把每天工作之余的时间，别人下棋、打扑克、逛街、聊天的时间，都用在读书、练习写作上。他就凭着这股牛劲，几十年如一日，先后创作发表了二十多首长诗，一千多首短诗和百余篇散文、小说、创作随笔及评论文章，出版了十一本作品专集。退休之后，他还不顾年老多病，花三年时间，创作了三十二集电视剧《新刘三姐》，后因诸多原因未能开拍，但可见他的一片苦心。功夫不负有心人，他的作品先后十次获自治区和全国少数民族文学创作奖。老包对文学锲而不舍、执着追求的精神和他取得的文学成就，为广大文学爱好者树立了作家不论学历高低，“勤能补拙”的极好榜样！

如今，老包走了，永远离开了我们！这是中国诗坛、广西文学，尤其是仫佬族文学的一大损失！这些日子以来，我的眼前经常会出现一个满腔热情、时时都在沉思或伏案笔耕的老包，他手里总是离不开一支香烟，桌上摆着一杯茶水……我耳边时时会响起浓重、浑厚、亲切的仫佬话音：“作为一个仫佬族作家，我将为我的家乡、我的民族，为祖国和人民的文学事业，奉献自己的毕生精力！”

老包，九泉之下安息吧！

春色满壮乡

——包玉堂和他的诗

饭后茶余，我又一次从书柜里抽出诗集《在天河两岸》，摊开在桌上用心细读，仿佛嗅到了家乡一阵阵浓郁的泥土气息，听到乡亲们一阵阵悦耳动听的欢歌……

很多年前，当我得知包玉堂同志第三本诗集将要出版的消息时，真为他的成就感到高兴，更为我们的民族而自豪。啊，我们这古老的民族有了自己的诗人！我逢人就说，心里好像喝了蜜糖一样甜。

我和包玉堂同志虽是同乡，但我认识他还是通过他的作品。在学校读书时，就读过他的《虹》。当时，我还处在文艺创作的启蒙时期，对于诗歌的欣赏能力是很低的，然而却被《虹》那浓郁的民族生活气息和优美的故事、生动的诗句所打动。以后又读了他的《歌唱我的民族》，它使我更加深刻地认识了这位本民族的诗人。他那深刻的思想、洞察事物的眼光、高超的艺术功力和在家乡传颂的他勤奋从事文艺创作的轶事，不禁使我对他产生了深深的敬意。

我大学毕业后，分配回家乡工作。一次出差到省城，我终于冒昧登门拜访了老包。他中等个子，身体健壮，神采奕奕，衣着朴素、大方。他满腔热情，听说我是同乡，便操着一口流利的仫佬话，拉起家常来。由于我们思想接近，志趣相投，打这以后我们便建立起文友之间的情谊。每次交谈，三句话不离本行。也许是诗人对后辈的关心，他常常以自己的身世和学习写诗的艰苦经历，来启发教育我这棵刚踏入文坛的幼苗。

包玉堂小名祖堂，出生在桂西北山区罗城县冲眷屯一个贫苦的仫佬族农民家庭里。他5岁就开始放牛、割草、捡猪菜、拾牛粪，参加各种劳动。因为家贫，他11岁才开蒙读书，断断续续地念了几年小学，半年初中。1949年，他因得罪了本村的国民党村长，被毒打了一顿。不久，他便怀着满腔的阶级仇恨，投奔了革命队伍。在革命队伍里，他一面努力工作，一面如饥似渴地翻阅文艺读物，学习诗歌创作的基础知识。

包玉堂同志自幼喜爱民歌，受民歌熏陶，小时候常在家乡的歌坡上、地炉边，竖起一双小耳朵，瞪着一对大眼睛，听大人们唱情歌、唱苦歌，有时甚至因此忘了回家吃饭。他把自己喜爱的歌儿默默记在心上，每逢上山砍柴、放牛时，便悄悄学唱起来，借以抒发少年天真烂漫的情怀。1950年，包玉堂因左脚受伤回家休养，不久便在家乡参加了轰轰烈烈的清匪反霸和土地改革运动。为了揭发土匪和地主的罪行，宣传党的政策，发动群众开展对敌斗争，他经常编些新民歌让群众传唱，启发群众的觉悟，效果很好，得到当地党组织的鼓励和支持。此后，党组织就一直从多方面关心他的成长和进步。除了地方报刊和群众文艺辅导部门经常给他以指导外，党和人民政府还多次送他到一些文艺学习班深造，让他到北京、南宁等地参观学习，使他在政治思想和创作技巧上都得到了迅速提高。在党的关怀和毛泽东思想的哺育下，包玉堂同志以坚强的毅力，经常利用业余时间进行刻苦创作。1953 年，他根据苗族民间传说，创作了叙事长诗《虹》，向《广西文学》投稿，得到了该刊编辑部的重视和支持，作品很快发表了。不久，《人民文学》也转载了这部长诗，从此，他步入诗坛。接着，在广州出版的文艺月刊《作品》上，他连续发表了《歌唱我的民族》和《仫佬族走坡组诗》等作品，进一步引起文艺界及广大读者的注意，并得到好评。1957 年上海新文艺出版了他的第一本诗集《歌唱我的民族》，这一年，他光荣地加入了中国共产党，出席了全国民间文学工作者座谈会。1958 年，包玉堂同志出版了第二本诗集《凤凰山下百花开》，同时被中国作家协会和中国民间文艺研究会吸收为会员。1959 年他调到柳州地区文联，参加彩调剧《刘三姐》的创作，开始了专业创作生涯。

包玉堂的诗歌创作，特别注意向民歌学习，吸收民歌精华，使自己的作品具有浓郁的民族特色和民歌风味。他经常深入农村，走村串寨，跟民歌手学歌，听老人讲故事。他记了无数仫佬族和其他兄弟民族的歌谣和故事传说，为自己的创作积累了丰富的素材。他的作品，不管是处女作《虹》，还是后来创作的《还乡曲》《春色满壮乡》等，都具有浓厚的民族色彩和民歌风味。1958 年广西壮族自治区成立前夕，当喜讯传到仫佬山乡，仫佬族人民欢欣鼓舞，奔走相告。那欢乐的景象，沸腾的山村，使包玉堂联想万千，他当即参考仫佬族关于古泉的故事，创作了一首题为《古泉的传说》的诗，诗的末尾写道：

泉水啊，从此滔滔不断流，
像清香的乳汁流进久旱的心田！
广西啊，各族人民友爱的大家庭，
从此日益繁荣，一步一层天！

质朴、亲切而又生动的诗句，反映了各族人民的深厚情谊，表达了仫佬族人民热烈庆祝自治区成立的激动心情。

这位仫佬族诗人的诗，不仅具有浓厚的民族特色和民歌风味，而且立意新颖、文思绮丽、热情充沛。《仫佬族走坡组诗》刻画了仫佬族青年参加“走坡”的生动情景，调子欢快，诗意浓郁。组诗中的《少女小夜曲》形象地展示了少女在将要把自己的爱情献给一个后生时的激动不安、惊喜交加、兴奋害羞的复杂心情，尤为动人。你听：

午夜的月光皎洁如银，
屋边的流水清澈如镜，
没有人语也没有虫声，
啊，睡去的村庄多宁静……
睡去的村庄多宁静，
我却不愿熄掉床头的小灯，
激情使我全身发烫，
我要站在窗口吹一吹夜风。
站在窗口吹一吹夜风，
让激动的心情慢慢平静。
可这是怎么一回事啊？
凉风越吹心儿越跳得凶！
……

全诗用优美的语言、生动的形象，向人们展现了仫佬族姑娘热恋的心情，读起来使人有一种身临其境之感。

在党的民族政策的光辉照耀下，包玉堂亲眼看到自己的民族和全国其他各族一样，成为国家的主人，过着社会主义的新生活，因此心情异常激动。他说："生活常常在冲击着我的心，催促我歌唱。"于是，诗人的诗情似山中泉水般喷射出来，化作百篇热情洋溢、气势磅礴的诗篇，歌颂党，歌颂毛主席，歌颂社会主义，歌颂仫佬族人民昂扬向上的精神面貌和仫佬山乡日新月异的景象。他在一首题为《进京前夕》的诗中，表达了翻身得解放的仫佬族人民的心声：

我在心里编着一支歌，
用我全部的智慧和激情，
这支歌献给敬爱的毛主席，
这支歌献给伟大的首都北京。
我要代表仫佬族人民，
向伟大的首都北京致敬，
用五万三千颗仫佬人民的心，
编成一个花环献给我们的恩人。
……

然而，这样实心实意跟党走、热爱自己的民族、热爱祖国的少数民族诗人，在“文化大革命”期间也曾遭到无情的打击，但他始终坚信党和人民一定会做出公正的结论。

十年内乱结束后，满天的乌云被驱散了，诗人又迎来了阳光明媚的春天。包玉堂同志更是情满怀、歌满腔，决心为人民创作出更多更好的新诗篇。他一头扎进了农村，深入到群众中去，体验生活。在南海之滨、在十万山下、在壮乡瑶寨、在仫佬山乡、在右江河畔、在红河两岸，到处都有他的足迹，在广阔的农村土地里，他贪婪地、忘我地吮吸着玉露琼浆。根子扎得深的禾苗，肯定能长出好的庄稼。包玉堂同志在深入生活的基础上，又写了数十首诗，还写了不少散文。1981 年，他又会同家乡的文艺爱好者，搜集整理了上百个仫佬族民间故事，编辑成稿送交广西人民出版社出版。包玉堂同志的新作，仍保持了他诗歌创作的特点，题材广泛，主题鲜明，感情强烈，语言质朴，得到广大读者的好评。《春色满壮乡》一篇荣获全国少数民族文艺创作奖。1981 年发表在《民族文学》第三期上的《还乡曲》，在某种意义上，标志着包玉堂同志诗歌创作的新突破，这首诗构思新颖、独具匠心、富有特色。诗人用丰富的想象、生动的比喻，浓墨重彩地歌唱仫佬族的新生活，生动地反映了仫佬族人民的精神面貌。《山中车站》一诗写开进山乡的火车，很有气魄，反映了仫佬族人民对未来满满的信心。《山中车站》写道：

嘹亮的汽笛一声长鸣，
四面群山响起阵阵回音，
一列满载山货的火车启动了，
像一条长龙在山中徐徐前进。

遍地竹林披着朝阳的金辉，
巍巍群峰高扬着片片云彩，
面对着那徐徐前进的列车，
前边像在迎接，后边像在送行。

我站在高高的凤凰山顶，
领略着这山中的迷人情景，
一个美妙的联想从心中升起，
把我引入了神话般的意境。

仿佛我的民族就是一列火车，
刚刚加足了燃料，擦洗一新，

向着四个现代化的光辉前程，

启动了，充满力量，满怀信心！

文章写到这里，我还要告诉读者们，目前包玉堂同志已回到仫佬山乡深入生活，他正以满腔的热情、充沛的精力、忘我的劳动，开始创作新的诗篇。愿我们的诗人，在新的征途中，像山乡里奔驶的火车，前进，永远前进！

（本文写于20世纪80年代初。编者注）

潇潇暮雨人归去

——记张永林

越过花甲之年的人生门槛，心境渐近平和，很少像年轻人那样有那么多幻想了，取而代之的是绵绵不尽的回忆。令我终生难忘的，是那些年我们在县里做新闻报道工作时结识的文友、笔友。多年来，文友之间的深情荡涤着我情感的杂质与私心，使我无论在何时、何处，面对何事，居何地位，都没有因为条件的优越、职务的悬殊、身份的差异而忘却，而改变，而抛弃。友情像清新的空气，时时令我神清气爽。

在我结识的文友中，张永林是和我较为亲密的一位。那些年我以及我们县新闻报道组能在新闻工作上有所长进，有些成绩，其中凝聚着他不少汗水和心血。

张永林20世纪60年代初毕业于上海政法大学法律系，本来应当分配到政法部门工作，可是因为他在学校读书时便对新闻报道情有独钟，常写些新闻稿投到报社，而且屡屡见报，毕业时便被分配到广西日报社，而且一干就是四十多年，成为广西的老报人之一。

我和张永林认识是在20世纪70年代初。那时我大学刚毕业，被分配到罗城新闻报道组。在校时我比较喜欢文学，对新闻报道很少接触，刚开始写新闻报道时心里没有一点儿底，稿子写了不少，见报率却很低。有一次，张永林为了采写一篇关于罗城农田水利建设的通讯，专程从南宁赶到罗城采访。报道组分配我和另外一位同事陪同他一起采访。当时张永林已是报社小有名气的记者，不少大块文章都出自他的笔下，我们这样的“土记者”对他十分敬重，能跟他一起采访，机会难得，我心里很高兴。那天，我和同事到旅馆和他见面，敲开他的房门，站在我面前的是一个瘦高个子，长长的脸显得和蔼可亲，鼻梁上架着一副近视眼镜，书生气十足。我自报了家门。他操着浓重的江浙口音说：“好啊！我们一起干吧，你们比我熟悉情况，多多指点！”“我们是来跟班学习的！”我们异口同声地说。“互相学习吧！”就这样我认识了张永林。

时值冬季，罗城地势高，天气比较寒冷。那时下乡没有车坐，不是骑自行车，就是走路。张永林自幼生活在城里，很少下农村，可这次我们陪他跑了几个水利工地，走了好多山寨，一路跋山涉水，汗流浃背，他毫无倦意，很有兴致地仔细采访、召开座谈会，哪像是个城里人，我心里暗自佩服。连续几天不停地在乡下采访后，我们才赶回县城写稿。那天晚上，我们报道组在一位同事家准备了一些简单的酒菜招待慰劳他。我正想打电话到旅馆请他过来吃饭，天突然下起倾盆大雨，我只好打着雨伞去接他。

推开房门，张永林正在埋头写稿子，我说："今晚我们请你吃饭，人家都在等着你！"他头也不抬地说："请等一会儿，我把这篇稿写完再走吧，很快就结束了。"我说"好吧"，便坐在木沙发上等他。这时我才发现，整个房间很凌乱，烟气弥漫，被子卷成一团，桌上的烟灰缸里塞满了烟头，一个特大的杯子里泡着浓茶。张永林在埋头写稿，似乎我根本不存在，我也不去打扰他。等了半个多小时，他才伸了个懒腰，深深地吸了一口那支已快烧到手指头的香烟，转过身来对我说："好啦！对不起，让你久等了！"我说"没什么"，便和他一起打着雨伞，冒着倾盆大雨赶到同事家，桌上的菜已经全凉了。

张永林给我的第一印象很好。当时他在报社算得上好笔杆子，但很谦虚，没有什么架子，平易近人，对工作也很认真。此后，我常送新闻稿到广西日报社，和他有了比较多的交往。

有一次，我送几篇稿子到报社，顺便带了一篇自己的散文稿去向他请教。刚在报社招待所住下，他便赶来看我，非要拉我到他家吃饭。他妻子是我们老乡，我也就不客气了。当时他已是五口之家，经济并不宽裕，但那天晚上他还特地为我做了几个家乡菜。他知道我刚开始做新闻报道工作，席间讲了许多新闻采访、写稿、提炼主题、适当运用例子阐明观点等基本新闻常识，让我长了不少知识。张永林烟瘾很大，酒量也不小，特别是和朋友、同事吃饭，三杯进肚，便天南海北地滔滔不绝。他是长辈、老师，我们都很尊重他，只在一旁静静听着，时而向他敬酒，他很爽快，很实在，总是举杯则干。

张永林极少写文艺作品，但对文艺作品的鉴赏水平很高。他看完我的散文，很不客气地说："这篇散文既缺乏意境，也缺乏语言之美。散文是以意境和优美的语言去感染读者的，而这正是你这篇作品中所缺乏的，再好好地修改，在这两方面下点功夫，或许是一篇很好的散文。"离开他家时，我的心情并不舒畅，自己满以为不错的作品，一下子就被他"枪毙"了。后来才知道张永林对谁的文章都是一样，严格要求，毫不留情。他常说："做文字工作，必须严肃认真，精益求精，粗制滥造只能是害了别人也害了自己。"

从此以后，我们报道组的同志每次送稿件到广西日报社，都先请他帮忙看看，指点指点，做一番修改后，再送到有关编辑部，这样稿子的质量大大提高，上稿率也上升了。至今我还记得他为我们那篇反映罗城消灭血吸虫病的通讯，和我们彻夜讨论修改稿件的情景。当稿子改好后，他满意了，他的脸因为兴奋而发红，眼睛闪着灼热的光，不停地为我们评说文章的成功所在……这时，谁见了都会对他产生好感和敬佩之情。

在我们交往的日子里，最令我感动的是，他对朋友的帮助是无私的。他曾多次专程到县里为我们办的新闻骨干学习班讲课，分文不拿。县里的人到南宁要办什么事，只要他力所能及，都尽力去办，不讲任何代价。平时我们一大帮人到他家吃饭，他和妻子都很客气，总是大操大办，弄得我们很不好意思。当时他家几乎成了我们报道组的接待站。那年头，他们夫妇的工资不多，人来人往，给他们增加了不少负担，但从不见他们有什么怨言。他常开玩笑说："谁叫我是罗城女婿呢！为娘家人做事是理所当然的。"

20世纪80年代初，我调到南宁工作，后来罗城报道组的几位同志也相继调到南宁，我们有了更多的见面机会，时时聚在一起拉家常，谈工作，论人生，每次都是他唱主角。有一次我请他和几位老乡到家里喝酒，这时他已是广西日报社农业部主任，工作挺忙，但他处理好稿子后，仍然赶来了。席间我才仔细打量他，那一张瘦长的脸，一头蓬乱的长发，一件普通衣料的中山装，一点儿也没有领导的模样，倒有一身文人的气息。那天大家借酒兴讨论了一些问题，张永林虽然多喝了几杯，但头脑仍很清醒，对一些问题的分析入木三分。我们为一些问题发生争论，争论的问题现在已经记不清楚了，不过我可以说，当时他的一些看法和理解要比我们深刻得多。最后，他说服了我们。虽然和他争论得面红耳赤，但过后谁也不把这当回事。他更不理会，照样谈笑风生，无所顾忌。张永林是一个最不会掩饰自己真性情的人，最不会拍马屁、奉承人的人。

20 世纪 90 年代末，我到报社和张永林见了一面，那时他的身体已经十分衰弱。大家都劝他住院，但因各种原因都没能去成。不久后，我在一次下乡时，听到了张永林过世的消息。我深表哀悼，并向其家属致哀。

那天深夜，四周特别静，窗外是浓墨般的黑夜，悲伤阵阵袭上我的心头，我失去了一位尊敬的友人，一位引导我走上新闻、文学道路上的兄长，一位平易近人、直率、热情、质朴、很有才气的新闻老兵。

爱因斯坦说：“人只有献身于社会，才能找出那短暂而有风险的生命的意义。”张永林同志一辈子献身于党的新闻事业，在人生的舞台上他表演得十分精彩感人，是一位成功的表演者。他的生命是真实的，是诚挚的，是有意义的！

明月清风鉴君心

——怀念李新明同志

李新明同志辞世的消息，直到他遗体火化之后的第三天，我才从朋友那里得知。不知何故，之前没有任何人告诉我，以致未能见到他最后一面，深感遗憾。因此，我赶写这篇文章，表达对老战友的沉痛的哀思和悼念。

我和新明同志是同龄人，所有经历大致相同。大学毕业之后都是在基层工作，从一般干事做起，一步步走上领导岗位。20 世纪 90 年代初，他任玉林地委书记，我任南宁地委书记，之前并不相识。我们第一次认识是自治区在玉林地区召开全区乡镇企业工作现场会议时，我主动和他打招呼，自报家门，并询问了发展乡镇企业中所遇到的一些问题，他都热心地一一给我解答。末了，他拍着我的肩膀说："其实玉林的乡镇企业发展也有很多问题，我们有自己的难处哇！"听了他的话，我第一反应是这位同志还比较实在，头脑清醒，我从心底佩服他。之后，我们经常在参加自治区的各种会议时见面，交谈，话很投机，对一些问题的看法都很相同。他的每次发言都很实在，言中有物，切中要害，我常向他请教。从此，我们成了好朋友、好战友。

新明同志为人谦虚谨慎，真诚待人。改革开放之初，玉林地区可谓广西改革开放的先锋，名气很大，全区各地都纷纷到那里参观、学习、取经。那年，我带领南宁地区各县（市）党政一把手到玉林参观学习，当时区内外有好几个参观团同时在玉林，他们应接不暇。但是我们代表团到达时，新明同志和地委的几位领导同志已在驻地等候，之后还和我们座谈，亲自介绍情况，陪同我们参观考察。他说，你们来是互相学习，不要以为我们什么都好。话语十分谦逊亲切，给我们一种宽厚真实的感觉，也体现了他对朋友、战友之真情。还有一件我印象十分深刻的事。大概是 1994 年吧，他到中央党校学习，有一次到澡堂冲凉，不小心滑倒把脚扭伤了。后来发现，澡堂铺的都是滑溜溜的瓷砖，他立即打电话回玉林，叫石料厂给中央党校澡堂全部铺上石板，保证学员们的安全。此事当时被党校学员传为美谈。这虽然是件小事，但可以看出新明同志的品格。

不幸的是，他后来患了尿毒症，病情十分严重，经过多方医治，换了肾，休养了一段时间。身体基本恢复后，他要求继续工作。在安排工作时，我向区党委建议，让他到区党委宣传部当常务副部长，管管家，工作压力不很大，这样有利于他养身和治病。区党委同意了。就这样，我们便在一个单位工作。考虑到他的身体状况，让他分管办公室和机关党委工作。新明同志不愧是老共产党员，工作勤勤恳恳，任劳任怨，坚持党性，坚持原则，作风民主，顾全大局，维护团结。不管分派什么工作，他都二话不说尽力干好。当时，部里筹建干部职工宿舍楼和培训大楼，因为是办公室的工作，他亲自东奔西跑，上下联系，办理各种手续，还经常到工地检查。我劝他多让其他同志做，他说，我情况熟，关系多，亲自跑会快些。在他和办公室同志的共同努力下，两项工程都如期开工，宿舍楼很快建成，为部里的干部职工解决了住房问题。

由于他对工作认真负责，公道正派，那年地市班子换届，自治区党委组织部抽调他参加干部考核。但到河池时，他因劳累过度，得了脑血栓，经抢救，虽脱离生命危险，但不能再坚持正常工作了，便在家养病，直到退休。他在家养病期间，我去看望了他几次，他的心态十分平和，对健康充满信心，他自己研究中药，自我治疗。同时他十分关心党和国家的大事，关心广西改革开放和现代化建设，关心广西的文化宣传事业。在交谈中，针对精神文明建设他给我提了不少意见和建议，在他身上我看到了一个共产党员的高尚品德与革命情操。

新明同志为人正直，作风正派，生活俭朴，廉洁奉公。那年，在干部中开展“讲政治，讲学习，讲团结”的教育活动，新明同志一方面积极组织机关党员干部开展“三讲”教育，一方面认真检讨自己的党性建设问题。他的党性分析材料写得很认真，很具体，很真诚。他说了这样一件事，使我深受感动。他任玉林地委书记时，行贿受贿的违纪事件时有发生。当时如果稍不警惕，放松自己，就会上当。有一天晚上，一个很熟的老板到他家拜访，带了一个纸箱，说是刚摘下的新鲜龙眼，让他尝尝。那老板走后，他觉得不对劲，打开纸箱，翻了一看，上面是一层龙眼，下面全是钱，估计有十多万元。他马上打电话给那位老板，叫他立即把钱拿回去，否则就交给纪检部门。那老板再三说明，这是朋友之间表示点小意思，不是求他办什么事。新明同志严厉地指出，朋友之间更不能这样做，这是严重违法、违纪的，害人害己，败坏党风和社会风气。那老板只好连夜就把钱取回去。这事传出去后便没有人再敢给他送钱了。新明同志坚守党性原则，保持了一个共产党员廉洁自律的品格，实现了自己的人生价值，永远值得我们学习。

一个人的生命是有限的，短暂的，生老病死是无法逃避的。如果我们把短暂的生命用得更有效，把生命融入人民的事业中去，那么我们的事业，即人民的事业是不会死的。新明同志一生坦荡，光明磊落，忠诚于人民，忠诚于党，充分体现了一名老共产党员为党的事业奋斗终生的高尚品德和革命情操，令我们无限怀念和尊敬。

山歌年年唱春光

——怀念傅磬同志

2010年8月6日清早，自治区文联的同志打电话给我，报告傅磬同志于当日凌晨3点45分心脏停止跳动，走了！我顿时愣住了。这悲伤的消息来得太早、太快了。2009年7月傅磬从北京学习回来，我见他身体突然瘦了好多，劝他到医院彻底检查一下。检查后，医生诊断他患了肺癌。经研究决定，让他到上海治疗，当时他对战胜疾病充满信心。在上海前后治疗了三个多月，病情稍稳定之后，他要求回广西疗养，从表面上看，他的精神、气色等都有一定的好转，我见到他顽强而乐观的精神状态，对他身体康复抱有极大的希望。

2010年入夏以后，他的病情急剧恶化，医生说，他的病情太严重了，肺部的功能已经衰竭，化疗已经没什么效果了。8月初我到桂林出差，突然接到他病危的通知，我赶回南宁到他的病房时，经抢救他已经转危为安，但一天二十四小时离不开氧气，呼吸十分困难。

当时我还劝他安下心来，继续接受治疗，等好些后，再找些民间偏方治治，希望他一定要坚强地挺过这一关。他还点了点头，睁大了一双真诚、善良、渴望的眼睛看着我，大口大口喘着气，非常吃力地说：“我要挺过这个难关！”听了这话，我的眼睛潮湿了。我深深知道，他还想做很多事，还有很多事等他去做啊！他英年早逝，我们为广西文艺界失去了一个专家型的领导者，一个风华正茂的本土艺术家，一个优秀的共产党员感到无比悲痛，万分惋惜！

我和傅磬过去虽是上下级关系，但我们更多是以朋友、文友、战友相处。我先后和他合作的歌曲有五十多首，有的歌曲还获了奖。他的才华令我钦佩，我们合作得很愉快。在和傅磬的交往中，我常常感到，他是一个事业心很强，能吃苦耐劳，对事业十分执着的人。他有很高的音乐天赋，大学毕业后便从事音乐创作，一直为振兴广西音乐事业而勤奋工作，不懈追求。他曾经跟我说过，一个人要有个奋斗的目标，比如作一首曲子，你就要往精品上走，用心地去做，就一定能做好。为了实现他自己的奋斗目标，他有惊人的韧性和毅力。自中宣部设立“五个一工程”奖之后，广西音乐一直没有作品入选。那年，自治区党委宣传部拨了五万元给自治区音协，要他们确保“五个一工程”奖中广西入选一首好歌。时任广西音协常务副主席的傅磬立下军令状，要实现这个零的突破。之后他与作词家张仁胜同志一起深入到贫困地区体验生活，创作了歌曲《老王》。为了创作好这首歌，他广泛听取专家意见，反复修改，亲自到北京录音，认真监棚，每个音符都仔细推敲斟酌。后来，歌曲《老王》一举获得了第六届中宣部“五个一工程”奖，全国电视“星光奖”一等奖，《求是》杂志破例在封底刊登了这首歌，成为国内广为传唱的力作，傅磬完满地完成了自治区党委宣传部交给的任务。

那年我写了一首《三月三九月九》的歌词给他，他看了之后十分兴奋。后来他告诉我，他自己虽有民族音乐的长期积累，但总找不到一个比较好的旋律，有一天半夜三更醒来，突然耳边响起一个旋律，创作灵感来了，他立即爬起来就在钢琴边上写了起来，很快就把曲子谱了出来。可当他试唱给我听之后，我感到民族味、广西味还是不够，提了些意见，他二话没说，就连夜加班修改，并巧妙地运用了“刘三姐”的一些音乐元素，取得很好的效果。后来专家们听了，又提了一些意见，他就花了近半年时间，反复修改。功夫不负有心人，后来这首歌获得了中宣部“五个一工程”奖、中国少数民族音乐一等奖。我被傅磬这种谦虚、谨慎、一丝不苟、勤奋刻苦的精神所感动！

21 世纪初，为了打造壮族“尼的呀”音乐品牌，自治区党委宣传部和自治区文联在百色市召开了一次理论研讨会，会后还组织作词、作曲家到西林、隆林、靖西、那坡等县采风。当时傅磬放弃了贵州省聘请他去当青歌赛评委的机会，参加了研讨会，并和作词、作曲家们一起去采风。我们跋山涉水，走村串寨，每到一地，他都认真地和当地民歌手交谈，仔细地记录，收集了大量原生态的民歌。那次采风长达十天时间，行程几千公里。回来后，他为那坡县黑衣壮整理加工了很多首民歌，这些歌曲都广为流传，其中《山歌年年唱春光》成为黑衣壮的音乐品牌，成为广西歌坛的精品。

多年来，傅磬就有一个强烈的心愿，他要独立创作一台歌剧，希望我能给他这个机会。2001 年，自治区歌舞剧院要创作歌剧《阳朔西街》，决定把全剧的音乐交给他创作，这是他第一次担当这样的任务。他是一个非常认真的人，对自己的作品严格要求，精益求精。这个时期是他音乐创作的高峰期，也是他付出最多精力的时期。可是，这部剧演出后，不够理想，几经修改，最后改为《桂花雨》，傅磬又对音乐做了多次调整、修改，终结正果，《桂花雨》获得了第十三届“文华奖”文华大奖特别奖。可是他为此身心疲惫，整个人都苍老了许多。2008 年，经过几年的努力，壮族歌剧《壮锦》的创作正式启动。在确定创作班子时，我提议编剧、导演、作曲、主要演员等主创人员全部用广西本土作家、艺术家，由傅磬担任全剧音乐创作。他愉快地接受了任务。当时他已是自治区文联党组书记，日常工作很忙，于是便利用晚上和节假日抓紧时间创作。他前后花了三个月时间，完成了歌剧《壮锦》的全部音乐，保证该剧能准时排练。《壮锦》公演以后，得到专家、艺术家和广大观众的好评，特别对全剧的音乐给予高度评价。经过剧组全体同志的共同努力，《壮锦》获得2010年中国“文华奖”优秀剧目奖。傅磬完成了中国第一台壮族歌剧的音乐创作，实现了他的梦想与追求。

在广西音乐界，傅磬是一个多产、高产的音乐家，他创作的音乐作品曾三次获得中宣部“五个一工程”奖，两次获得中国音乐“金钟奖”，八次获得全国“广播新歌奖”，五次获得广西文艺最高奖“铜鼓奖”。他的音乐作品在全国都有较大的影响，这个时期正是他创作出成绩、出精品的旺盛期。然而，命运之神又偏偏与他作对，疾病对他百般折磨，最终夺走了他的生命。在重病期间，他依然没有忘记文联的工作和音乐创作。有一次，我去看望他，他说，现在住在医院里，闷得慌，你写几首词给我谱曲，这也许能给我抗击病魔的精神动力。后来我写了两首歌词，一首是新华书店60大庆的店歌《人生伴书其乐无穷》，一首是宾阳中学校歌《插上飞翔的翅膀》，黄道伟同志也写了一首词《客家姐妹》给他。他在病床上完成了这三首歌的音乐创作，乐曲都谱得很好，然而这竟成了他留给我们的最后的作品！每每想到这些，我心里不断地呐喊：“天哪！你对他太不公平了！”在和傅磬遗体告别那天，许多文艺界的领导和朋友都纷纷赶来，为这位优秀的艺术家送别。我向他三鞠躬时，双眼已被泪水模糊了！

每个人在生活中所追求的不同目标组成不同的人生舞台，在人生舞台上，人既是自我生活的剧作者，又是剧中人的扮演者。人生选择是生存的本能。衡量生命价值的标准，是思想言行，而非生命的长短。傅磬同志走完了他四十九岁的短暂生命历程，他走得是那么匆忙，那么仓促，以至于没有给我们留下半句话语。但他对文艺事业不懈追求的精神，他艰辛创作出来的文艺作品，是值得我们永远学习和永久珍藏的精神财富。我怀着十分悲痛的心情悼念这位年轻、优秀的音乐家，颂扬他对文艺事业的执着追求和无私奉献的精神，愿大家以他为榜样，共同为实现广西文化事业的大发展、大繁荣而努力奋斗！

傅磬，我的好朋友，好文友，安息吧！

燃烧的生命

——怀念文衍修同志

2010年春节，我去看望久病的文衍修同志，当时他已双目失明，听说我要去看望他，坚持要站在家门口迎接我。我们见面时，他紧紧地握着我的手，用颤抖的声音说："老领导你还能想得起我，太感谢了！""我们是战友、老朋友，赴欧洲访问团的团友，怎么会想不起！今天我来给你全家拜年哪！"我笑着说。我扶着他坐到客厅的沙发上聊了起来。

见他精神状态很好，谈吐自如，我心里非常高兴。他告诉我，自从病退二线之后，便在家安心养病，但坚持创作一些诗词，摸索着练习书法。他说书法能养生、养性、支撑生命。因为眼睛看不见了，只能凭着感觉在纸上写，写起来很辛苦。他所作的诗词，也只能靠讲述由妻子小雷记下打印。小雷跟我说，衍修同志写词、练书法，是用精神和毅力与病魔抗争，即使是口述，也是要动脑筋花精力的，有时一天写三、四首。他常常是半夜醒来，想到好的诗句，便催着她起来，给他记录，有时到了废寝忘食的程度。但他仍精力充沛，精神饱满。衍修同志拿出一部分诗稿和书法作品，让我看看，诗写得的确不错，我鼓励他继续写下去。后来他果真写了几十首古体诗词和现代自由体诗，并准备结集出版。有一天晚上，他打电话给我，说要出版本诗集，请我给写个序言。我当即答应了，并很快把序言写好送给他，他非常高兴，打电话一再表示感谢。

2011 年 7 月 20 日，我突然听到衍修同志去世的消息，顿时心情十分悲痛：衍修哇！你不应该走得那么快，你还有很多事情要做啊！自从衍修被确诊为白血病之后，心态依然很淡定，一边积极治疗，一边坚持工作。当时考虑到身体原因，组织上让他上半天班就可以了，但他有时仍坚持正常上班，直到他的双眼因排异反应已近乎失明，才退居二线。在病重期间，他依然十分关心广西广播电影电视事业的发展。他以顽强的毅力坚持写作，练书法，作诗词，出版了《清墨飞扬——文衍修书法篆刻作品集》《花甲追梦——文衍修诗词选集》，他用生命余下的时间做了很多有益于广西文化事业发展的事情，充分体现了一名共产党员为党、为人民事业奋斗终生的高尚情操和革命精神！

衍修同志出生在桂北地区一个美丽而古雅的小山村，自幼勤奋好学，上初中时便喜欢书画和文学创作。高中毕业后考取中山大学中文系。大学毕业后曾当过几年老师，之后就一直在广播电台工作，一干就是三十多年。他先在广西广播电台桂林记者站当记者，凭着他对文学和新闻的爱好，写了许多生动感人的新闻稿件和文艺作品，深得领导的赏识和群众的好评。后相继提任广西广播电台新闻部主任、副台长、总编、台长。衍修同志把自己人生最美好的时光奉献给了人民的广播事业，为广西的广播电影电视事业的建设和发展，倾注了满腔热情和全部心血。他是广播电影电视战线上一名优秀的新闻战士，一位好的管理者、组织者、领导者。

衍修同志为人朴实诚恳，有桂北人特有的文化素养，心地善良，待人宽厚，行事规矩，遇事不惊不躁。在主持广西广播电台工作的十年里，他工作勤勤恳恳，兢兢业业，有事善于和同志们商量。他性情温和，但能坚持原则，碰到不合理的事，有时也会激动起来。他性格直率，胸怀坦荡，在他平和的外表下，隐藏着一颗火热的心。由于工作关系，我和衍修交往比较多，他常常对我以老大哥相待。20 世纪 90 年代末，我们一起到过他的家乡——灌阳县文市镇岩口村，这里山清水秀，人杰地灵，村民们很热情，有许多他儿时的记忆，有很多美丽的景色，有很纯朴的民风。他热爱故乡的一草一木，一山一溪，这种感情都凝聚在他的诗文之中。

熟悉衍修同志的人，都知道他不但新闻稿写得好，而且散文、诗歌、绘画、篆刻也很不错。他是个多面手，琴棋书画都很在行。在他的家里，堆放着各种各样的艺术品，有他自己创作的，也有自己收藏的。他为我刻过两方印章，很有大家刀法，我至今珍藏着。那年我们一起出访欧洲，所到之处，他都十分注意考察那里的文化，仔细观察，认真记录，用心学习，后来在他的诗词中，有许多描绘异国文化的诗句。衍修同志是中文系科班毕业，他的文字非常规范，生动流畅，文章结构严谨，用词准确。他的文章和作品构思新颖，文风别具一格。文如其人，在衍修同志的文章、作品里，我们看到了他对文化艺术的不懈追求，看到了一个奋斗者的丰硕成果和他丰富的精神世界。

文衍修同志匆匆走完了他的人生之旅，我们失去了一位优秀的新闻工作者，一位追梦的文学艺术爱好者。在人生的道路上，每个人的生活难免会经历不幸或痛苦。有的人在苦难中只想到自己，因此出现失望、消极的情绪甚至发出绝望的哀号；有的人在苦难中，还想到别人，想到集体，想到事业，因此乐观，自信。衍修同志重病在身，双目失明，在最痛苦的时候，他从不悲观失望，自暴自弃，始终对生活生命抱着积极乐观的心态，对事业、对艺术不懈地追求，直到自己生命的尽头！

人生不是一支短短的蜡烛，而是一支由我们暂时拿着的火炬，我们一定要把它燃得十分光明灿烂！文衍修同志离我们而去了，在他经历的六十一个春夏秋冬里，他的生命都在燃烧着，虽然不是什么熊熊的烈火，但总发出闪亮的火花，这火花使我们感悟到人生的意义和生命的价值！生命之花的绚丽，在于勇敢地绽放自己！

衍修，安息吧！我们深深地怀念你！

倏忽如流星

——怀念长勋

那天，广西日报欢送北京几位到广西挂职准备返京的朋友，其间聊起近年广西文艺的发展情况，自然而然地谈及文坛奇才杨长勋。北京的朋友很想认识他，于是社长李启瑞拨通了长勋同志的电话。不巧他和几个文友在乡下，我接过李社长的手机和他聊了几句，希望他们快些回邕，春节前文友们要好好聚一聚。他满口答应。

谁知第三天，有人告诉我，长勋同志在乡下因心脏病突然发作，经抢救无效，不幸逝世。噩耗传来，我的心情万分悲痛。那天的通话竟成了我们最后一次交谈。那些天，他的笑声、话语，时时在耳边回响，他的身影、容貌时时在眼前闪现。啊！长勋老弟，你走得太突然，太匆忙，太不可思议。你走了，我们失去了一位文友、知己！广西文坛失去了一位才华横溢的作家！学校失去了一位有丰富教学经验的好教授！

在广西文艺界我有很多新知旧交，其中杨长勋是关系比较密切的文友之一。我和他早在20世纪90年代初就认识了，那时我刚调回自治区党委宣传部工作。一天，几位文学青年找到我的办公室，屁股还没有坐稳，其中一位留着长发、身穿花格衬衣的小个子，便手舞足蹈地说明来访的目的，讲述了当时文坛的种种弊端，并提出很多好的建议，希望自治区党委宣传部给予高度重视。我当即表示会认真研究这些问题。

送走几位年轻人，经打听，才知道那位带头进言的是广西艺术学院的副教授、年轻的文艺理论评论家杨长勋。打那以后，我们常有交往，他和几位青年作家聚会也常邀请我参加。交往中我对长勋同志有了进一步的了解。他在广西文学圈内颇有影响。他的作品得到众多专家和读者的好评。后来，凡我主持召开的关于文学艺术方面的会议和活动，都请他参加。他也逢请必到，而且在会上总会发表一些有独到见解的言论和观点。他讲话总是滔滔不绝，激动起来满脸通红，语调提高，手舞足蹈。他的言语带有几分幽默，常常逗得大家都乐起来，为会议增添不少活跃气氛。后来文坛的朋友说，没有杨长勋参加的会议，似乎少了些什么。他是广西文坛的一位奇才和中坚！

长勋同志从事文艺评论工作十多年，在广西文坛乃至全国文艺评论界都颇有名气。他20世纪80年代毕业于广西民族学院，是一个很勤奋、能吃苦耐劳、很有悟性的壮族学生。据他的老师介绍，杨长勋在大学期间，就显示出文学艺术的天赋和勤奋好学的秉性。四年的大学生活，因为家庭困难，他假期很少回家，在校边自学、写文章，边勤工俭学。在大学期间他便时有文章在报纸杂志上发表。毕业后他以优异的成绩被分配到广西艺术学院任教。十多年来，他先后出版了《骆越诗潮》《艺术学》《文化的意象》《艺术的群落》《文艺新视野》《余秋雨的背影》等多部专著。著名作家、长勋同志生前好友余秋雨先生在给长勋同志的悼函中这样写道："杨长勋先生是一位有全国影响的艺术理论家、传记作家和社会思想评论者。在广西艺术学院和广西师范学院任教期间，他充分地表现出了一位当代文化学者的广阔思维、渊博学识和全方位的创造能力。他具有一种常人很难企及的激情：热爱祖国，热爱社会，热爱广西，热爱南宁，热爱家庭，热爱朋友，热爱每一个他正在研究和写作的专题，热爱他所在的学校和学生……他在本质上是一位诗人，他的人生一定是一个传奇……"秋雨先生的这些话，对长勋同志的学识、人品、情感做了公正的评价。

20 世纪 90 年代中期，广西文坛经过一段沉寂之后，逐步活跃起来，推波助澜的是一批文学青年。杨长勋是其中比较活跃的人物之一。他作为广西文艺理论家协会副主席，经常组织开展文学评论活动，推介广西文坛新人新作，亲自撰写评论文章。当广西“文坛三剑客”的东西、鬼子连续两届获鲁迅文学奖时，他欣喜若狂，立即组织学者对他们的作品进行评论。他参加了桂北文化、红水河文化、刘三姐文化、西江文化、北部湾文化的研究，组织了对壮族作家一系列作品的评论。他发表了许多很有独到见解的论文，为提升广西文学艺术在国内的地位，为推进广西文艺的跨越式发展贡献了力量。凡听过他授课的学生普遍反映，他讲课别具风格，很风趣，很有味道，很有吸引力，不仅从中学到很多理论知识，而且学到了很多为人处世的道理，受益匪浅。他的课极受学生的欢迎，他是一名称职的老师。艺术家任何时候、任何场合都给人以美、以真、以幸福与快乐。纵观长勋短暂的人生旅途，他便是这样的艺术家。

杨长勋是一个很有个性的人，他襟怀坦荡，善解人意，善交朋友。在文艺理论评论时，他从来不隐瞒自己的观点，敢于直言，勇于批评，善于与人商榷，但有时发言咄咄逼人，以致有的人接受不了，但受批评的人过后思量，觉得他说的在理，于是他们成了知己。长勋同志能有如此胆识，如此境界，难能可贵！记得那年，为了培养文艺新人，我提出实施培养文艺人才的“213 工程”，即在 20 世纪末到 21 世纪初，广西要培养出二十名在全国有影响的作家、艺术家，一百名在自治区有影响的作家、艺术家，三千名在地市县一级有影响的文学艺术新人。当即有人反对，杨长勋挺身而出，以充分的事实反驳了这种无所作为、悲观怯懦的思想，受到文艺界的好评。几年以后，当广西文坛取得一些成绩时，有人沾沾自喜，此时长勋同志又直言不讳地给大家敲警钟，说广西文坛切不可骄傲自满，广西文艺的发展，只是万里长征走了第一步。他这种直率、坦诚的品格，被文艺界传为美谈。

性格活泼、讲话幽默、不拘小节、有情义、够朋友，是文友们对长勋的评价。他个头比较矮小，但他从来不忌讳这一点。平时聊天，朋友们都拿他开玩笑，他也自得其乐，从未和别人红过脸，吵过架。文坛中很多文人趣事，本与他无关，可大家都喜欢套在他身上，他听了一笑了之，说："只要给大家带来快乐，张冠李戴又何妨？文艺创作不就是如此吗？"有一年，我率团出访时碰到几位广西老乡，闲聊中给他们讲了杨长勋的几个段子，大家都被逗乐了。同行的一位朋友偷偷打电话给他问个虚实，他哈哈大笑："我的段子都出口了？别管是真是假，都是一件好事！"长勋的宽怀大度，使他身边有很多朋友，而他对朋友总是以诚相待，推心置腹。在朋友们的心目中，杨长勋个子虽小，但他的人品是高尚的，他的形象是高大的，他的生活是美好的，是快乐的。每一桩小事，每一个细节，每一件小东西，每一句话里都饱含着真情与快乐！

长勋同志的人生道路太短、太短，正当他风华正茂、才思涌流之时，却早早地离开了我们，这实在是一件万分悲痛的事情。他英年早逝，是广西文化事业的损失。长勋的人生只度过了四十二个春秋，但他的人生绝不是梦一般的幻域，而是有着无穷的快乐、无比丰富的成果，极富深长的意义。这是富有真情、真理、真诚和真实的四十二个春秋。人的生命的价值并不在于长短而在于怎样利用。从这个意义上说，长勋同志的生命会得到永生。一盏那么明亮的智慧之灯熄灭了，一个文坛奇才陨落了，我们为之哀悼！为之悲痛！为之叹息！

长勋，安息吧！

彩云归何处

——怀念刘名涛同志

大约是1987年春天，我收到广西教育出版社寄来的一大包书，其中夹着一封短信，打开一看，才知道名涛同志已调任广西教育出版社总编辑。我心里很高兴，埋没了多年的人才，终于被起用了！我立即打了个电话给他，表示祝贺。话筒里传来他激动的声音：“请你放心，我将为广西出版事业贡献绵薄之力！”此后，因各自工作都很忙，我们一直没有机会见面。

1988年4月，突然接到包玉堂同志的信，传来噩耗，“名涛于3月初因劳累过度突然去世，令人十分悲痛，这是我们民族，也是广西文学界的一大损失。”这简直像晴天霹雳。啊！广西文坛上的一颗星陨落了，怎能不叫人悲痛万分！回想起这些年来，我们一次次会晤，一次次聚会，一次次谈话的情景，真是思潮翻滚，感慨万千！

我认识名涛同志，是在我步入文坛后不久。虽然在那个场合，交谈了些什么，我已经一点儿也记不起来了，但他给我留下了深刻的第一印象：热情，爽直，态度明快，穿着整洁。从个性上看，他完全是一个外向开朗型的文人。名涛多才多艺，精通古典文学，在评论、诗词、散文、民间文学等方面都发表过不少作品，在广西文学界颇负盛名。然而，由于种种原因，他的才能没有得到充分发挥。20 世纪 70 年代末期，他从县里调回广西人民出版社当编辑，这才为他施展才华创造了良好的环境。当时广西出版业正在发展，名涛同志以高度的政治热情和认真负责的精神，夜以继日地工作。他总是这么说："我被耽误的时间太多了，现在正是补偿的时候，得加紧干！"那些年，广西人民出版社出了不少在全国有影响的书籍，其中便凝聚着名涛的心血。轰动一时的《彩云归》就是经他之手出版的。

名涛同志作为广西文学界的前辈，十分关心文学青年的成长，特别是为培养本民族的文学青年，不知倾注了多少心血！我刚开始进行文艺创作时，曾多次登门向他求教，每次都从他那里得到许多教育和启迪。记得调到南宁工作后不久，我到出版社文艺编辑室小坐，一见面他就询问我最近的创作情况，有什么构想、有什么新作。当我详细地告诉他时，他一边坐在桌角边上抽着香烟，一边全神贯注地倾听着，默默地微笑，然后相当精辟地说出自己的看法，提出具体意见。有一次，我带了一篇短篇小说稿请他指点指点。他很快看完，很诚恳地向我阐述了自己对小说稿的看法，他说："小说，其中的动人故事，靠的是概括、集中、凝练、典型化等手段，提炼大量的生活素材，从而写出具有吸引力的情节。而纪实文学则是在大量真实的事件中，选择那最有代表性、最强烈动人的事情来下笔。你的小说缺乏的正是艺术上的凝练。"正因为经常得到名涛的帮助和指导，我在创作上得以不断地提高。当时我深深地感到，他对本民族文学青年寄予极大的希望，希望仫佬族在文学领域后继有人。

生活有时很不公平。正当名涛在事业上有所成就的时候，病魔却无情地缠住了他。大约是1984年秋天，我到他家拜访，看到他满头白发，形容憔悴。他住在两室一厅的小房里，书架占去了房屋面积的三分之一。他患着严重的高血压和哮喘病，一面谈话，一面咳嗽，有时连气都喘不过来。我看了很难过，劝他歇息，不要开口，稍稍平静后，我们又像往常一样说了起来。他告诉我最近编辑出版的情况，并说自己打算抓紧时间写几本书。我看到名涛身体虚弱，他的写作计划可能会进一步影响健康，劝他还是好好养病，工作和写作先不要考虑。他接受了这个意见。可是三天后打电话找他，编辑部的同志却说，他又开会去了。多好的同志！工作起来，就忘了自己。多少年来他就是这样拼命地工作，默默地耕耘，帮助他人将一部部著作出版问世，他的生命却被疾病和辛劳慢慢地损耗。这种事业高于一切，宁为他人做铺路石的宝贵精神，不正是我们所应该学习的吗？！

名涛同志作为仫佬族的儿子，十分关心本民族的文化事业。他在出版社工作，总不忘为家乡办些实事。1983 年，我和玉堂同志商量搜集整理仫佬族民间故事，希望能得到出版社的支持。他听了很感兴趣，当即答应向出版社的领导汇报，尽快给我们明确的答复。一个星期以后，他高兴地告诉我们，出版社已同意列入下个年度的出版计划，并决定由他担任责任编辑，希望我们抓紧工作。1984 年春，第一部《仫佬族民间故事》问世。出乎意料的是，该书初版发行，就受到读者的欢迎，很快销完了。而且在罗城仫佬族自治县成立时，该书被当作珍贵的礼品赠给参加庆祝会的全体代表。这在当时的确是一件有意义的事。然而要出版这样一部规模不小的书，倘若没有责任编辑的苦心和毅力，没有出版社的全面支持是绝不可能的。可是名涛同志对此却一点儿也不宣传，只是默默地工作，没有接受任何报酬。这也正是仫佬人朴实无华、诚恳厚重的性格在他身上的体现。后来出版的《仫佬族风情》等几本介绍仫佬族的书，都曾得到名涛同志的支持。

我曾想过，找个机会我们几个在南宁工作的罗城老乡好好聚一聚，共同商讨如何更多地为家乡办些实事，为仫佬山乡的建设出力，怎么也没料到名涛竟会匆匆和我们永别了。尽管我知道他身体不好并且已年过半百，但我从来没有将“死”字和他连在一起过。名涛，你去得太早了，仫佬山乡的父老兄弟姐妹们，多么需要你呀！仫佬族的文化事业发展多么需要你呀！可是，你来不及做完自己想做的事，来不及写完自己要写的文章，遽然逝去。回顾往事，真不能不使人感到抱憾和悲痛，我再也抑制不住自己的感情，我的眼泪终于夺眶而出……

名涛，安息吧！

1988年5月

老去愿春迟

——怀念李延柱同志

2004年元月，李延柱写来一封信。

潘琦君：

老作家茶话会得以见面，甚悦。有些家常想同你聊，考虑到那场面不宜，坐一旁的包兄说他近日会去您家一趟，正好让他捎话，因之就写此信。

我于2003年4月从《今日广西》杂志谢岗后，有感人生已走到了岁月的波峰，向老境迈去，因而很快就适应了谢岗后的生活。回眸人生，不无感慨，体会到杜甫诗“花飞有底急，老去愿春迟”言之精辟。为了自娱与自勉，不时亦放怀吟咏：“坐看邕水鱼逐浪，卧听青山鸟唱鸣。”“安淡泊千般放下，乐清平前事看开。”这可说是这段时间的心灵表白。算作聊家常，也算是心事向老朋友沟通，愿您的情谊常给我欢愉！

李延柱敬上　1月14日

这是我收到延柱同志退休后的第一封书信，之后我们有过多次电话交谈，都未曾有机会见面。记得在2009年春节，自治区老年记协举办春节团拜会，我也退休了，应邀参加团拜。当时在会场外见到延柱同志，他人很瘦，说是得了一场大病，正在恢复中。我叫他到主桌坐一块儿聊聊，他死活不肯。后来活动进行到一半，他便退场回家休息了。谁知这竟是我见他的最后一面。那一年6月2日有朋友发信息给我，说李延柱先生已驾鹤西去，刚参加完他的告别会。之前，我竟然一点儿消息都不知道，这噩耗传来，心里万分悲痛。

对如今广西文化圈的一些年轻人来说，李延柱这个名字已经相当陌生了。这位20世纪50年代便开始活跃在广西文坛的老作家，至今已离开文坛近二十年，但他的文学作品和独具风格的书法，并没有因为他从文坛的消逝而失去光彩！

我和延柱同志在20世纪70年代初便相识了。那时我在罗城县新闻报道组工作，常给广西日报文艺副刊投稿。后来，我参加了广西日报文艺副刊举办的青年作家学习班，延柱同志在文艺副刊当副主编，给我们讲课。下课之后我做了自我介绍，他当即表扬了我的文章写得不错，文字很干净，也很有生活气息，希望我多给副刊投稿。后来我给副刊写过好几篇散文，经他修改都编发了。从那以后我们成了好朋友、好文友。

延柱同志老家在平南县，讲的是粤语。他曾在柳北一带工作，曾在忻城县文化馆、《宜山农民报》、柳州地委《跃进报》工作，因此对柳州地域文化十分熟悉。每次我送稿件到报社，他都会请我到他家里坐坐。我们在一起时，讲的都是一口流利的桂柳话，聊的都是柳州地区的人和事。有一次我给副刊写了两个仫佬族民间故事，他看完之后，提出了让人心悦诚服的意见，有的细节，我不清楚，他在编稿时，添上几笔，故事就完美生动了。延柱同志学历不高，但非常勤奋好学，他对文艺的广博知识，确实不是当时某些“大家”所能及的。他做事很稳重、严谨，他编发的稿件，极少出错。他对投稿的作品都直言不讳地提出意见，特别是对我们这些半路出家的作者，更是严格要求，一丝不苟。那时我投到副刊的文章，一般都要改两三遍才能发表。我在他身上学到了从严治文的作风，受益匪浅。

延柱同志对文艺工作既有满腔的热情，又是熟悉业务的内行。在四十多年的工作中，他把毕生精力投入到广西文艺事业中。他当过文艺干事、记者，当过文艺编辑和文艺部门的领导，不仅熟知曲艺、文学、诗词，而且对书法也有很高的造诣。他每次和青年们交谈都广征博引，踔厉奋发，赢得大家尊崇。这凭的是什么呢？凭的是博览深钻，锲而不舍；凭的是呕心沥血，夜以继日；凭的是推心置腹，以诚相待。作为编辑，他除了精心为作者编发稿件之外，自己还勤于笔耕，写了不少作品，他写过长篇小说、报告文学、散文、诗词。就在他退下来以后，还和几位文友合作完成了十六集电视连续剧《名将韦国清》的剧本撰写。可以说，延柱同志是一个有干劲、勤学习、懂业务、尽心尽责的好干部、好党员！

在和延柱同志的接触中，我看到他刚正不阿、襟怀坦荡的秉性。有人说李延柱有点傲。傲而无理，是要不得的，应该批评。傲而有理，傲而讲理，就不能计较态度，而要服从真理。延柱同志始终认为，在真理面前是人人平等的。在原则问题上，他从不肯含含糊糊，左右逢源。他不唯上，不唯事，只唯实，不肯为逢迎什么人说违心的话。20 世纪 70 年代南宁市有位老共产党员，为人非常正直，爱打抱不平，敢于揭露批评一些不正之风，受到个别人的打击报复。延柱同志撰文给这位老共产党员伸张正义。有一次，我到广西日报社看望报社的老同志，讲了一番话。过后延柱同志打电话给我说："你来看望老同志很好，但为什么不能平起平坐地和大家聊聊，而是居高临下地讲那番话？大家听了有些议论。"这事对我触动很深，至今难忘。因为他留给我的是，他的耿直，他的坦诚，他的友情，他对党的事业的真诚。这是一种多么了不起的优秀品质！

延柱同志已经和我们永别了，他的音容笑貌依然留在我的记忆里。那天我得知他去世的消息后，彻夜难眠，悲痛之际，写了这篇短文，以此悼念逝去的文友。现在我想用一首诗作为这篇文字的结束，以告慰延柱同志！

数年文友沐春风，
朝暮纵谈时过从。
文坛心路君为师，
解难释疑唯情重。
矢志追求花山梦，
辛勤华实智无穷。
留有德艺堪传世，
遥望八桂朝晖浓。

艺术生命常青

——怀念挚友蓝怀昌

说起来已是六十多年前的事了，那时我在中南民族学院政治系上学。因为喜欢文学，我在班上成立了个习作组，在我们宿舍楼走廊办了块黑板报。有一期我写了一首古体诗，一天，中文系的几个同学路过，看黑板报评论我的古体诗，有说好的，也有说不行的。后来有同学告诉我，评点的人中有一位是广西校友蓝怀昌。在食堂吃饭时我见到了他，中等个子，衣着朴素，笑容可掬。他告诉我，他是都安县人，地道的瑶族，是我中文系 64 级的校友。老乡见老乡格外亲切。我感谢他对诗作的评点，我说：“政治系的人写古诗词，在中文系的人面前是班门弄斧，以后还望多多指教！”他拍了拍我肩膀，笑着说：“嘿！老乡不必客气！”我们就这样认识了。因为不是同一个系，后来交往不多，有时在校园碰见，也聊聊一些家乡的情况。他有一股浓浓的乡情，谈到家乡的变化和我们共同认识的朋友，格外兴奋，话匣一打开，就滔滔不绝。

我毕业时没有直接参加工作，而是被分配到洞庭湖军垦农场劳动锻炼，接受再教育。1968 年我被重新分配回罗城县委宣传部工作，后被调到河池地委办公室。在河池我见到了久别的怀昌同学，他当时在河池地区文化局工作。他告诉我，大学毕业后，他也被分配到军垦农场劳动锻炼，1970 年才被分配到广州军区战士歌舞团当创作员。1976 年他转业到河池地区文工团任副团长，后调任河池地委宣传部任副部长，兼任河池地区文化局局长。1980 年我被调到区政府办公厅当覃应机主席的秘书，1985 年被调到区党委办公厅工作。同一年怀昌同学调任自治区文化厅副厅长，次年底任广西文联党组副书记、副主席，后兼任广西作协主席。当时我已加入中国作家协会和广西作家协会，经常参加文艺界的一些活动，因此我们常有交往。只要是文艺界有活动，他都邀请我参加，使我了解到广西文艺界的很多情况。经他介绍，我认识了不少全国著名的作家，交了很多文友。

有一次区作协请作家聚会，我也参加了，怀昌同志也在场，席间大家谈起广西文学界的现状，都感到有些沉闷。怀昌同志几杯酒下肚之后，情绪比较激动，即席发表意见，他说：“广西作家一定要搞好团结，广西文学发展才有希望。”我当时对广西文坛的情况不甚了解，后来朋友才告诉我，原来是个别作家之间有些历史恩怨，长期解不开这个结，坐不到一起，影响了作家队伍的团结。他的话虽不多，但可以看得出他心胸坦荡、直言不讳的性格。

20 世纪 80 年代末，我被调到自治区党委宣传部工作，分管宣传和人事工作。怀昌同志时任区文化厅副厅长、广西文联副主席，我们有机会直接合作共事，为文艺界做些有益的事。在工作中，我发现他对广西文艺界的情况了如指掌，对搞好文艺工作有自己的想法，性格豪爽，为人正直，光明磊落，做事雷厉风行。第二年正好广西文联换届，在讨论新一届文联领导班子方案时，我推荐蓝怀昌作为广西文联主席人选，因有的同志反映，他还年轻，资历不够，经验不足，难以负重，没有通过。直到 1995 年区文联换届，他才当选广西文联主席，任文联党组书记，一肩挑。他一干就干了十二年，是广西历史上任期最长的文联主席。

1995 年，我从南宁地委调任自治区党委宣传部部长，蓝怀昌时任区文联主席。我们又凑在一起工作了。因为有共同的志向、共同的爱好、共同的语言，又是老相识，两人合作得非常愉快，被文艺界称为最佳拍档。那些年自治区党委宣传部和自治区文联上下紧密配合，认真贯彻党的文艺路线、方针、政策，在政治上、思想上、行动上始终与党中央保持高度一致，解放思想，大胆创新，克服困难，积极进取，为广西文学艺术事业做了不少好事、实事、有意义的事，推动了广西文艺事业的快速发展。那些年，是我人生中印象最深刻、工作很愉快，十分难忘的一段岁月！

怀昌同志从青年时代就投身革命工作，对党有着深厚的感情，对党和人民的事业，有强烈的事业心和责任感。他大学毕业后，大多数时间是在文化艺术部门工作，对文化工作轻车熟路，他的聪明才智大有用武之地。他在工作中识大体，顾大局。我刚到宣传部时，对宣传文化工作不太熟悉。怀昌同志主动到部里汇报工作，对发展繁荣广西文艺事业，提出很多好的意见和建议。那年，自治区党委宣传部决定从抓作家、艺术家队伍入手，实施培养作家、艺术家的“213 工程”，即着力培养二十名在全国有影响力的作家、艺术家，一百名在广西有影响的作家、艺术家，三千名活跃在广西各地、市、县的文化艺术新人。在讨论“213 工程”会上，有的同志对实现这个目标表示怀疑。怀昌同志第一个表示支持，他从政治思想到当时全国文艺发展的形势，从广西历史文化到人文资源等方面优势进行深刻的分析，认为只要认真贯彻好党的文艺方针政策，目标正确，方法对头，措施有力，充分发挥广西文艺发展的潜在优势，各方面齐心协力，就有条件、有能力、有信心实现“213 工程”奋斗目标！他的耿直，他的坦诚和鞭辟入里的分析，给与会同志很大的启发和鼓舞。会后，他认真组织文联各协会具体贯彻落实，并以文联党组的名义推荐了具体名单，详细介绍了重点培养对象的情况。在怀昌同志带领下，文联党组积极配合自治区党委宣传部筹备召开了广西青年文艺家花山文艺座谈会，制定了签约作家制度，举办了广西百名作家、艺术家创作成果展等活动，拉开了20世纪90年代广西文学艺术大发展的序幕。几年内，在自治区党委和政府的正确领导下，全区文化艺术界聚集力量成功地实施了培养文学桂军、建设戏剧强省、强化影视建设、振兴八桂歌海、打造漓江画派五大工程。这促进了广西文化艺术事业的繁荣发展，极大地提升了广西的文化自信。

广西号称歌海，但当年广西在全国唱得响、能获奖、传得开的歌曲并不多。自治区党委宣传部提出要振兴八桂歌海的战略构想，区文联党组、区音协立即响应，很快拿出具体方案，并着手组织力量创作了一批好歌曲，主攻全国音乐大奖。2002年6月我和怀昌同志率领三十多位首届签约词曲作家，深入到百色地区隆林、西林、那坡、乐业、凌云等县采风、挖掘壮族音乐元素。记得那天，我们到那坡县黑衣壮山寨，天正下着雨，寨子里的男女老少仍载歌载舞夹道欢迎我们，在泥泞的寨前小广场上表演节目，作家、艺术家们十分感动，不由自主地和黑衣壮同胞踏歌起舞，那个场景感人肺腑，至今我记忆犹新。

后来，我们还分别在那坡和百色召开了黑衣壮文化座谈会及广西“尼的呀”音乐研讨会，研讨会上专家学者一致赞同把“尼的呀”作为壮族音乐的主旋律，纠正壮族音乐没有主旋律的误导。宣传部和文联拨了五十万元，支持和协助成立了那坡黑衣壮“尼的呀”合唱团，次年，黑衣壮走进央视 12 频道，之后合唱团还上了南宁国际民歌节，引起了国内外观众极大的关注。那次采风活动，怀昌同志身先士卒，创作了好几首歌词，其中《挑着好日子山过山》获中宣部“五个一工程”奖。那几年广西推出了不少在全国歌坛有影响的歌曲，在全国举办的各项音乐大奖中都榜上有名。广西音乐创作进入一个高峰期。

怀昌同志的创作致力于多角度再现生活，深刻揭示时代进程和民族多彩生活，是一位很有作为的瑶族作家。他创作了《波努河》《瑶王出山》等多部中、长篇小说，并荣获全国和广西多项文学创作大奖，其中《珍藏的符号》获第六届全国少数民族文学创作“骏马奖”，搜集翻译的瑶族史诗《密洛陀》获全国第二届民间文学作品一等奖、第二届广西文学创作“铜鼓奖”，《波努河》获首届广西文艺创作“铜鼓奖”等。他属于作品多、获奖多的实力派作家，是文学桂军的领军人物，在广西乃至全国文学艺术界都小有名气。但他为人比较低调，从不以名家自居，盛气凌人，居功自傲。我好几次建议他召开一次规模大、层次高、在全国有影响的作品研讨会，他都谢绝了！他常说，不就是多写了些文章，多出了几本书嘛，没有什么值得吹嘘的！

我和怀昌同志因文学而相识，因文学创作而深交，为文艺工作而合作。他在文学艺术上的成就令人崇拜，他乐于助人、平易近人的品德让我钦佩。我在文学创作上常拜他为师，得到他很多指导和帮助。记得那年，河池地区要举办首届山歌铜鼓艺术节，约我为艺术节写一首节歌歌词，当时我有很大压力。经反复思考，我终于写出初稿，送给怀昌同志征求意见。第二天他专门到我办公室，一块儿对歌词逐字逐句推敲斟酌，提出了很好的修改意见。后几易其稿，河池铜鼓山歌艺术节节歌歌词《一个美丽神奇的地方》就这样完成了。平时，我写的一些散文、诗歌、文艺评论文章，都少不了送给怀昌同志看，他都会提出很好的修改意见。有一次，我写了篇短篇小说送给他看，他看完后直接在稿子上写了修改意见："故事很好，文字也很流畅，如果能写出人物性格和人物的命运，就是一篇好的小说了！"经他这么一点拨，我茅塞顿开，作品几经修改后在《南国早报》上发表。

他常在一些公开场合对同事们说，我和潘琦的关系是"三老四严"——老乡、老同学、老战友，严格纪律、严格管理、严格要求、严格汇报。他这样说的也是这样做的，我们在一起无论是研究工作，还是商量事情，都是有话就说，有意见就提，不遮遮掩掩。意见统一后我们就分头去办，从不拖泥带水。

20世纪90年代中期，广西中青年作家创作激情高涨，在艰苦的环境下，创作了不少有深度、高度，被文坛看好的力作，如何使这些作品冲出广西，跨长江过黄河，在中国文坛产生一定影响？那天我和怀昌同志商量这件事情。他说："推广好的作品，关键在于宣传评论推介，要有理论家写文章评点，给予充分肯定，这方面我们过去不够重视，对文艺作品评论滞后。"我说："那我们能不能成立个文艺理论家协会，把理论家们组织起来，加强文艺评论工作，补上这一课？"他当即表示非常赞成。之后，文联各有关部门积极筹备，很快办理好相关手续，不到半年时间，1995年12月广西文艺理论家协会正式成立，当时全国只有少数几个省成立了文艺理论家协会。那些年《广西文学》《南方文坛》办刊经费很困难，怀昌同志直接拿着报告到我办公室，对我说："现在《广西文学》和《南方文坛》没有钱，办不下去了，马上要停刊，宣传部救不救？"当时宣传部的经费也很有限，后来还是挤出了一点儿钱，解决他们的燃眉之急。在与怀昌同志交往中，我深深感受到，我们之间的友情是一种心灵上的契合，思想上的默契，这种可贵的关系是真挚的、真实的、温柔的、甜蜜的，令人终生难忘！

人生有的事实属机缘巧合。2008 年怀昌同志到了厅级领导干部退休年龄，没想到区党委提名我作为自治区文联主席候选人，后来在区文代会上，我竟然当选区文联主席，成了怀昌同志的接班人。工作交接后，他握住我的手，半开玩笑地说："把班交给你老哥子、老同学，我就放心了！"他退休之后，坚持以共产党员的标准严格要求自己，关心广西的改革开放和经济建设事业，关注广西文化的发展，积极献言献策。后来他体检，查出得了癌症，便很少再参加文联的会议和社会活动，一直在家治疗养病。我几次通过办公室联系想去看望他，都没有联系上。2021 年 10 月 28 日上午突然接到文联办公室的电话，得知怀昌同志因病在南宁逝世。听到这个噩耗，我顿时万分悲痛！11 月 1 日举行他的遗体告别仪式，我正好在河池市给老干部讲党课，无法赶回南宁见他最后一面，留下终生遗憾！我只能托文联办公室敬献了花圈，表示沉重的哀悼！

怀昌同志是我亲密的校友、战友、文友，是一位德高望重的文艺工作者，几十年如一日奋斗在文艺战线，把整个身心都奉献给了广西的文艺事业，赢得广大作家、艺术家的钦佩，受到全区文艺界的爱戴和尊敬。他的逝世，使我们失去了一位好党员、好干部、好领导，文学桂军失去了一位优秀的作家！人的生命，创造与毁灭形影不离，创造是生命的源泉、生存的渴望，而毁灭则是生命的深渊、生存的终结。但生命并不仅仅是生理意义上的肉体存在。生命的自然形态可以毁灭，但人的精神存在物、人的创造及其成果却是永存的。人的艺术生命比自然生命要长得多。怀昌同志走了，永远与我们告别了！但他创造的丰硕文化成果、留给我们的优秀品德和优良作风，是永久的珍贵的精神财富。他的人生价值，具有无限的丰富性!

愿怀昌同志在九泉之下安息!

童年的温暖

——怀念张淑云老师

我进城读小学时的第一位班主任——张淑云老师，离开我们已经几十年了。张老师生前教我们语文，当了两年多的班主任。后来因为“反右”到农场劳动改造，脱帽后在“文革”中含冤去世，当她离开自己热爱的教育事业时，才30多岁，在她身后留下了一个不幸的家庭，留下了她的丈夫和年幼的儿女。

11岁那年，我考上县办的东门小学读高小，这对乡下的孩子是件大事、喜事。新学期开始，一清早，祖母就为我蒸了一碗雪白的鸡蛋，上面撒了些葱花。这是按我们仫佬人的习惯，教我日后清清白白做人，聪聪明明读书。

我们村离县城两里多路，我挎着一个旧布书包，沿着田间小径赶到学校。一到教室门口，有一位年轻的女老师迎上来，微笑地拉着我的手，询问我的姓名，把我领到一张课桌前，亲切地说：“你的位子在这里，有什么事就找老师好了。”这就是张老师。我生来第一次被女老师牵着手，第一回听女老师讲话，感到格外亲切、温暖。

第一堂课是张老师讲的语文课，她讲一口流利的桂林官话，悦耳动听，很容易听懂。她的黑板字写得真好，遒劲有力，大方端正，看上去不像女性写的字。她给我们讲了学习语文的方法，要求同学们好好听课，遵守纪律，尊敬老师，团结同学，做个好孩子。她仿佛是在对自己的孩子进行教诲，语重心长，和蔼亲切。

岁月如河，已经流过四十年，至今我依然记得她在讲台上讲话的神情和模样：中等个子，苗条身材，白白净净，慈眉善目，留着齐肩的短发，穿一身50年代初女干部们特有的衣裙。她说话时挥动着手，表情十分严肃，语气中透出一股凛然正气，令人肃然起敬。

当年，村子里的耕牛是生产队的，分各户养，集中轮流放牧。有一天，轮到我们家放牛，父亲身体有病，而女孩子又不放牛，父亲只好叫我旷课，上山放牛。傍晚，我把牛赶回村子里，一走进家门口，便听到张老师和父亲在说话：

“大叔，你不应该让孩子丢了功课去放牛！”张老师埋怨地说。

“娃仔家，少读一两天书，不碍事吧！”父亲为自己的做法辩解。

“他刚从农村到城里读书，基础差，缺一两天的课，就差一大截啦！”

“嘿，家里劳动力少，有时得他帮忙！”

“那不行，这娃仔很聪明，别误了他的前途。”

……

我闯进屋，不敢和老师打招呼，就一头躲到房间里去，任凭父亲、母亲如何叫唤，我怎么也不肯出来。张老师很晚才走，我也不敢出来去送她。

那次张老师家访后，家里不再分派我干什么重活，也不让我旷课帮家里干活了。父亲虽然没有文化，但还是听了张老师的劝告，宁肯自己多累一点儿、多苦一点儿，希望自己的儿子日后有点出息。事隔多年，每每想起这事，张老师那真诚、动人的笑容，就在我的脑海里浮现。

平日里，张老师对我们管教很严，要求很严。学校边有一条小西江，背后有座凤凰山。西江清澈的溪水潺潺地流淌，是戏水的好地方，但她不准我们随便下河洗澡。凤凰山上绿树成荫，花香鸟语，是玩耍的好去处，可她不让我们到凤凰山玩耍，说是不安全。同学中稍有不遵守纪律、调皮捣蛋的，都会被严厉处罚。有一次，上算术课，班长喊了声“起立”，大家一起站起来，我悄悄地把同桌女孩的凳子往后挪开，当她坐下时，落了个空，同学们哄堂大笑。我当场被算术课的老师狠狠地批评了一顿。课后他把这恶作剧告诉了张老师。

中午放学时，张老师把我留在教室，训了我一顿，并要我立即写检讨，写不好中午就不能回家吃饭。当时我和二姐在同一个年级，不同班。她在校门口等了老半天，不见我出来，就急忙跑到教室来找。

“二姐，我犯了错误，正写检讨，看来一时不能回去，你装几个红薯来给我吃吧！”我乞求姐姐的帮助。

“你呀！好的不学，专学坏的，我回去告诉阿爸，不打你才怪！”二姐狠狠说了几句，自己回家去了。

小孩子哪会写检讨书呀！我吮着笔头，仰望着天花板，呆呆地坐着。大约过了一个小时，张老师来了，我哇地哭起来，向她承认错误，表示一定改正。张老师抚摸着我的小平头，亲切地说：“你平时表现很不错，为什么会做出这种事来呢？”

“跟着别人学，觉得好耍！”

“好耍，这是课堂啊，万一把人家跌伤了怎么办？”

“张老师，我错了，以后一定不做坏事了！”

“好啦！知道错就行了，相信你一定会做一个好孩子！”说着，她从口袋里拿出一把饼干，“别回家啦，先吃点饼干，我已叫你姐姐带东西给你吃了！”她用温柔的目光看着我。我接过老师的饼干，大口地吃起来，那一种甜蜜的滋味，至今仍留在心头。初夏，张老师要带我们班到离县城三十多里的乡村野游。这是我第一次出远门，母亲为我又是包粽粑，又是煮糯米饭。天刚蒙蒙亮，我就爬起来，装好东西，赶到学校集合去了。

从县城出发，我们沿着山间的小路步行。一路上跋山涉水，同学们都累极了。张老师一边鼓励大家加油，一边帮年纪小的同学背行李，不时还领着大家唱歌，到达目的地时已经是掌灯时分。

全班同学在一间简陋的小学教室里住下。张老师放下行李，就借来锅、炉灶，给我们烧水烫脚，又连忙提着桶，拿着碗帮我们热饭吃，里里外外全是她一个人在忙活。她从小在城里长大，很少做家务。如今累得她喘不过气来，同学们心里真过意不去。等我们吃了饭，洗了脚，又照料我们睡下之后，她才坐在教室门口的凳子上喝口水，啃她带来的面饼。

融江河畔，夜深人静，只听到潺潺的流水声和吱吱的虫鸣。白天走那么远的路，大家很快就睡着了。半夜，我被夜风吹打窗门的哐啷声惊醒，借着月光，只见张老师披着衣服正逐个地把窗门关紧，然后躺在教室门口两张合起的课桌上，就这样一整夜守护着我们。久久地看着她，我鼻子陡地一酸，有点想哭："张老师，您太辛苦了！"

第二天，张老师领着我们到融江河边看木船，看渔家撒网捕鱼，到竹林子里游玩。初夏阳光普照，竹林里显得格外明朗、温馨，充满生机，竹笋长出来了，从下面一节褪去褐色的皮，变成幼竹，稚嫩的茎泛着青白的绿。在这晴天丽日下，遥望漫山的翠竹，嫩叶似绿色的火焰在燃烧，令人目眩。我看见张老师伫立在竹林间，看着我们尽情、欢快地玩着，脸上泛着笑容，那笑多美、多甜！

这些日子平淡而温暖，就像山间溪水一般缓缓地流淌着，滋润我幼小的心灵，当时我常常这样想，多好的老师呀，日后一定有厚福！

然而，人的命运很难预测。我高小没有毕业，张老师就不当我们的班主任了，也不再给我们上语文课了，后来还被送到劳改农场去了。当时连她的亲属都不能与她见面，从此我再也没有见过她，直到她含冤去世。

天哪！这样一位文雅聪颖，柔情似水，心灵洁净，热爱教育事业的好老师，竟然只度过了三十六个年华，就从这个世界上消失了，犹如一颗明珠骤然熄灭。当时，我真弄不明白，为什么上天有时这样不公平，会让洁者、美者、善者早早地夭折！

岁月流逝，一晃几十年过去了。这几十年来，我总是忙忙碌碌，四处奔波，但不论到什么地方，只要想起张老师，脑海中便会浮现出她昨日的倩影，都会触景生悲情。清明节，我回家乡扫墓，同学们相聚在一起，不免谈起张老师。当年的同学们不仅已成家立业，还成为各条战线上的骨干，正为党、为人民、为社会做贡献。我想，可以告慰九泉之下的张老师：你当年用心培育的幼苗在阳光雨露的滋养下，都已成材。您短暂的一生，太苦、太累。您长眠吧！安息吧！

张老师，我们永远怀念您！

文学青年的良师

——缅怀黄勇刹同志

我和黄勇刹同志见的最后一面，是在他去北京开会的前一个月。那天，他向自治区领导汇报完筹建广西民族电影制片厂的问题，特意到我的办公室坐了一会儿。他说了许多鼓励我的话："你有文艺创作的激情，这几年写了不少东西，要继续努力，为自己的民族多写些东西……"同时他还再三催我尽快把散文集子搞出来。对于他的鼓励和关心，我打心眼里感激。

不曾想，这竟是永别。勇刹同志离开了我们，不再回来了；但我一直觉得他还活着，许多往事伴随着他那音容笑貌，时时浮现在我的心头。

我最初认识勇刹同志是在1973年。那时正是我创作热情最高的时期，一天一首诗歌，几天一篇散文或小说，可是投寄出去后都是石沉大海。当时我非常痛苦，只好自我解嘲地说："看来，我不是搞文艺创作的料子！"正当我彷徨之际，一次偶然的机会，我认识了黄勇刹同志。

那次，我到南宁开会，有一天晚上抽空去拜访包玉堂同志。走进老包的房门，看见沙发上坐着一个四十多岁的瘦子，留着小平头，头发已稀稀落落，有些花白，穿一身半新不旧的蓝色中式衣裳，正一边啃着黑果蔗，一边全神贯注地看稿子。我以为走错了门，正想退出来，老包从里屋走出来，笑着说：“来得正好，我给你们介绍一下。”老包忙指着沙发上的瘦子说：“这是黄勇刹同志，这是我家乡来的客人……”我自己通报了姓名。我怎么也没有想到，这位全国闻名的作家、诗人竟是如此装束，貌不惊人。

勇刹同志抬起头看着我笑了笑，操着很重的家乡口音说：“听玉堂同志说过你，想不到还这么年轻，仫佬族文学后继有人了！”

听了他的话，我浑身发热，脸上火辣辣的，很不自然地说：“老师过奖了，我只不过是个刚刚学步的文学青年罢了。”

坐下之后，他问了我的工作、生活情况，问我喜欢诗歌、散文还是小说，发表过什么作品。一开始，我就发现他十分健谈，我们的谈话多半是我听他讲，而拙于言谈的我，加上是初识，只是在他问及我的情况时，回答只言片语。我简略地向他讲述了自己从事业余文艺创作的经历后，灰心丧气地说：“我几乎没有勇气再写下去了。”

勇刹同志马上打断我的话，大声地说：“怎么能这样自卑呢？我们这些人也都不是天生的诗人，创作中不知走过多少弯路，才有今天。老包的《回音壁》是四上北京才写出来的，何况你呀！有一首山歌唱道：‘鸟无羽翼不能飞，人无志气难作为，无力怎显打虎志，无勇怎称壮志威。’”他的一席话深深地打动了我的心，我不由得对他产生了敬意。之后我常用勇刹同志赠的这首山歌鞭策自己，使自己增添了继续从事业余创作的力量。

因为时间太久了，当时勇刹同志还说了些什么，我现在想不起来了。此后，在我们多年的交往中，勇刹同志对我的勉励很多，但是他在我们初次见面时，对我诚恳直率的批评，使我心悦诚服，大受裨益，难以忘怀。

后来，我调到区党委工作，这样我们见面的机会更多了。再后来，在他的积极筹办下，我区第一种综合性大型民族文化刊物《三月三》创刊了。有一天，我收到他的一封来信，信中希望我能为《三月三》创刊号写一篇稿子。对于前辈的信任，我怎能推脱呢？尽管当时工作很忙，我还是加了几个夜班，赶出了散文《青山翠竹》，并托人转交给勇刹同志。

有一天晚上，出乎我的意料，勇刹同志来到我家。他刚坐下就从衣兜里掏出我那篇散文稿，开门见山地指出稿子中的毛病，他说：

“作为一篇反映少数民族生活的作品，却没有一点儿民族的风味、民族的语言，这样的作品很难说是好的……”接下去，他就谈到对我的文章的具体意见。显然，从他的意见中可以看出我的作品不行。但是他自始至终没说一句“不行”。他没有给我泼冷水，而是鼓励我从中吸取教训，把作品写得更好。我按捺着内心的激动，把他的意见记在本子上。是啊，这诗人、作家，为了使我写好文章，不知花费了多少心血。这一夜，我想了很多很多，熬了一个通宵，终于把文章修改出来了。

当我第二次把稿子交给勇刹同志后，很快就接到他的电话，话筒里传来他那响亮的声音：“作品改得好！就凭你这股劲头，今后一定能写出更好的作品来！……”这件事虽已过去很久了，现在想来，犹如昨天发生的事。

黄勇刹同志对年轻人，特别是对少数民族的年轻人都十分关心，不论什么人，在什么时候去找他，他都热情地接待。所以，常常有一些业余文艺爱好者到他家里向他请教，他都以平等的语气，向来访者介绍自己的创作经验。对于年轻人写的文章他从来不加指责，而是满腔热情地鼓励和支持，他善于肯定年轻人作品的优点，并且为年轻人的进步表现出由衷的喜悦，因而使人受到鼓舞，信心倍增。

1983 年包玉堂和我们几位同志编写的《仫佬族民间故事集》由

广西人民出版社出版之后，勇刹同志热情洋溢地写了一封信给我，表示衷心的祝贺，并希望我们能多出一些有关仫佬族的书，填补这方面的空白。这一年年底，他到北京出席中国民间文学文艺研究会理事会时，便以这本书的成果极力推荐我和其他三位编者加入中国民间文学文艺研究会。1984 年 2 月经该研究会常务理事会研究批准，我们终于成为中国民研会会员。

我在民族文学研究和文艺创作中，经常得到勇刹同志的指导和帮助，他多次与我单独交谈，向我传授他的创作经验。他把我当作后辈看待，我亦把他视为良师。可惜的是，正当我们无数的少数民族文学青年渴望得到他更多的直接指导和帮助的时候，他却突然放下了笔，停止了他的歌唱，永远离开了我们。我们再也听不到他的谆谆教诲了，这怎能不叫人痛心！

广西歌海中沉没了一只帆船，文学青年失去了一位良师。黄勇刹同志对于我们这些文学青年的成长，倾注了不少的心血！他那种对青年循循善诱、诲人不倦的精神，那种培养年青的一代时表现出的诚挚、热情、严谨的作风，是成千上万的文学青年所永远怀念的！

勇刹同志安息吧！

南国忽闻梁木折

——怀念老报人周汉晖女士

人的生命与漫长的岁月相比只是短暂的一瞬。如果我们意识到人的生命只是宇宙中一个微小的瞬间，那么用年月来计算的生命就不会像我们想象的那般重要了。

我的师长，八桂文坛的才女，老报人周汉晖先生，尽管她的一生没有经历很多轰轰烈烈的事，没有在主要部门和岗位施展才干，但仍是很有意义的。她终生献身于党的新闻事业，淡泊名利，鞠躬尽瘁。那天突然接到蒋钦挥同志的信息："周汉晖先生病危！"次日又告诉我，她已去世。当时，我出差在外，无法赶回见她最后一面，十分悲痛和内疚。至今，她的音容笑貌犹在眼前。她的文章、人品、思想，像一股清新的空气，时时拂面而来，营养、滋补着我们的心灵。

我和汉晖同志认识是在20世纪70年代初，那时我在县里当通讯报道员。我第一次送稿子到《广西日报》副刊《花山》，初来乍到，找不到副刊编辑部。正在为难之时，迎面走来一位中年大姐，个子不高，装束打扮普普通通，面目温和，我以为她是报社的勤杂人员，便上前问她：“大姐，请问副刊编辑部在几楼？”“你是哪里来的啊？我领你去吧。”说着她把我带到《花山》副刊编辑部，说：“这是县里来的同志，要好好接待！”说完，没有等我道声谢谢，她便离开了。

后来，我从副刊编辑部的同志那里打听到，她便是我慕名已久的广西文坛才女、广西日报社副社长周汉晖。她的文章我读了很多，那清新流畅的文笔、富有哲理的名言佳句，时时打动我的心，令我茅塞顿开，受益匪浅。这次有幸相见，她给我的第一印象太好了！因为那时我在县里工作，和她见面机会不多，但从报社的一些朋友、文友那里知道，她在报社的口碑很好，威信很高，是一位学识双优、德高望重的新闻界老前辈、老报人。她 1949 年便在广西日报社工作，几十年如一日，摸爬滚打在新闻战线，从普通的编辑、记者，走上自治区区级报社的主要领导岗位，实属不易。作为一个女性，这在当年新闻界是不多见的。对她，我十分崇敬，十分爱戴！

20 世纪 80 年代初，我被调到自治区政府工作，偶尔有机会和周老相见，每次她都亲切地询问我工作、学习的情况，还夸我在报刊上发表的文章如何如何地好，鼓励我常给报社投稿。她当时是广西日报社党委副书记，大名鼎鼎，可对我们这些晚辈，却没有一点儿架子，每次交流都热情洋溢，语重心长。当时我受到的鼓舞是难以言表的。她曾送我一本作品集《心灵的镜子》，书中的文章是谈论青年的理想、道德、情操的，非常生动，富有哲理。后来，我们还有过几次交谈，她对加强青少年思想道德教育提出了很好的建议。我们成了忘年交。

汉晖同志为人正直，作风正派，工作兢兢业业。20 世纪 90 年代末，我到自治区党委宣传部工作，分管新闻，有更多的机会和她接触，她偶尔也主动和我交流新闻工作。对于新闻我知之不多，突然分管这项工作，开始很紧张，有时甚至手足无措。汉晖同志看出我的畏难情绪，给我指点迷津，同时还对如何办好党报提出许多好的建议。周老是地道的知识分子，敢于直言，对当时新闻界的有偿新闻、有害广告等不正之风也提出了严厉批评。在她的帮助下，我的心情放松了许多，工作也顺利开展。这是前辈之爱，师长之爱。每想到这些，心头仍热。

最令我感动的是，汉晖同志生活上艰苦朴素，她从不追求生活上的奢华，衣着普普通通。有一次，我坐小轿车去参加一个会议，半路上遇见汉晖同志提个小布袋在人行道上急急地走着，我即叫司机停车，下车问："周总，你上哪儿？我送你去。""啊，是你呀，我到区政府了解些情况，不太远，我走去就行了。”我再三劝她上车，她都笑着边走边谢绝。我站在人行道上久久地望着她远去的背影，感动不已。

汉晖同志退休之后，心里总牵挂着报社的发展，关心全区的新闻工作。我担任自治区党委宣传部部长期间，常到广西日报社，有时召开离退休领导干部的座谈会，每次她都按时参加，并积极发言，提出很多好的意见。有一次，我请报社几位领导吃饭，席间向大家汇报新闻工作。其他老领导不时插话，只有汉晖同志一直不言语。我向她敬酒时，问她为何一言不发。她拉我到一旁，小声地说：“我给你提条意见，现在报纸、电视报道领导的活动太多了，是不是留点版面、时间给老百姓？这个问题久拖不决，一定要下决心解决！”我频频点头，心里十分感激，一口干完杯中的酒。她是我心中可敬可爱的老大姐！

后来，汉晖同志得了绝症且已到晚期，当时医生建议暂时不要告诉她本人，采取中西医结合的方法进行治疗，尽可能稳定病情，延缓她的生命。那些天，她的情绪很好，积极配合治疗。可是纸包不住火，她先得知自己患了绝症，然后又知道自己到了癌症晚期。家里人担心这对她的打击太大，可万万没想到，她在得知自己的病情之后，反而感到轻松，接受了这个残酷的现实。大家都惊叹她的勇气。患病之后，她开始做起以前从未做过的事，和女儿沿湖散步，倍加珍惜每个阳光灿烂的日子，每朵鲜花和每声鸟鸣……

宋代诗人李光有诗曰：“忠言直节动华夷，肯为投闲更息机。南国忽闻梁木折，中原犹望衮衣归。平生学术唯心得，晚节功名与愿违。老病无因执哀翱，翔风空有泪沾衣。”在这里把全诗录下，以深表对周汉晖同志的悼念。死亡是人生中最重要的部分。汉晖同志走了，她的生命虽短，但经历丰富。她拥有欢乐，经历艰辛，体味爱情，收获成就。她将永远活在她至爱的人——儿女、兄弟、同事、朋友的心中。

周老安息吧!

君子以厚德载物

——怀念饶韬先生

我真没有想到饶韬同志走得这样早，走得这样匆忙，完全没有想到啊！当时我出差在外地，他逝世的消息一点儿都不知道。事后我埋怨报社的同志，为什么不打个电话给我，以致不能见他最后一面，深感遗憾，万分悲痛！

饶韬是宜州人，我们算是老乡，有三十多年的交往。我大学毕业后，分配回家乡工作。当时他在《广西日报》副刊部工作，他既是我的良师，也是我值得信赖的文友、笔友、挚友。特别是我热爱散文写作之后，他给了我许多指导和帮助，他教我许多写作的技巧，散文的情与意的关系，景与人的关系。他告诉我，文章开头最难，但开头开好了，文章便好写，等等，我至今受用。我的一些作品得以发表，其中有饶韬的汗水和心血。

我最早认识饶韬是在20世纪70年代初，当时他在《广西日报》副刊部当主任，我在罗城县委办公室工作，经常给副刊写些散文和诗歌。后来副刊部为培养文学青年，举办创作学习班，我参加了其中一期。记得那期学习班是在武鸣县（今南宁市武鸣区）的明秀园办的。我们一起乘车从南宁出发，一路参观了好几个新开的景点。在车上经人介绍我才认识了饶韬。他的话很少，也不善开玩笑，偶尔和大家聊几句，也是些有板有眼的关于写作的话题。当时在我们的心目中，他是很有学问、很有威望的文人、大家。

饶韬一直在广西日报社工作，几十年如一日。他算是老报人，但从不摆架子，从不论资历。他从编辑、记者，到当上报社副总编，工作兢兢业业，办事一丝不苟。他主管文艺副刊时，对稿件、版面和编辑思想都要求很严。他经常自己组稿、编稿、写稿，使得副刊越办越好，越办越活，并为广西文坛培养了不少文学青年。几十年来，在各省报刊副刊圈内，他有极高的威信。后来，他退到二线抓记协工作，尽管年事已高，但仍然认真工作，全身心投入到工作中去，为记者们服务，为广西新闻事业发挥余热。在临去世的前几个月，他还给我写了封信，对记协工作提出了许多好的建议，并亲自组织在柳州举办的各地市党报社长、总编新闻职业道德建设培训班。在学习班上，他做了一个很好的报告。如今，他的话音犹在耳边萦绕，人却永远地离我们而去。这就是他留给人们最后的话，留下的是他对新闻事业的眷恋，对工作的一往情深，对同事、朋友的诚挚情谊，对生活的无比热爱。

熟悉饶韬的人都会切身感受到，他不但在文学上、新闻事业上有很多成就，而且身上始终闪耀着人性的光辉。他淡泊名利，总是认认真真做事，平平淡淡做人，清清白白做官。作为广西文坛著名的作家，他较早成为厅局级领导，但从不以自己的成就在人前炫耀。他出版过不少专著，自己却说："我写的都是些小东西，不值一提。"临退休前两年，他有一次提拔的机会，但从没为这事找过谁，后来因为年龄关系没有提拔，他毫无怨言。我怕他想不通曾安慰他，他笑着说："这些都是组织上考虑的，作为个人不会有什么思想负担的，请组织放心吧！"饶韬淡泊、明理，按组织原则办事，这难能可贵。莎士比亚说过，生命短促，只有美德能将它留传到遥远的后世。

在与饶韬的接触交往中，我从他身上感受到了纯朴、真诚和亲切。记得1973年的一天，我从县里送一篇稿子来《广西日报》，住在报社十分简陋的招待所里，吃饭要到机关饭堂排队买。那天中午，我在打饭的队伍中碰见饶韬，他说："哎呀，要你自己排队打饭，真不好意思。"我笑着说："在这里享受一下报社职工的待遇，很好啊。"他已买好饭菜，回头对我说："这样吧，今晚请你到我家吃餐便饭。"我说："不必了，食堂的饭菜挺好的。""我们老乡不必客气，就这样定了。”晚上，我应邀到了他家，饭菜很简单，除了几个从饭堂打回的菜外，杀了只鸡，加了个汤，很可口。在当时有这样的饭菜招待客人，已经是够隆重的了。此事后来我常提起，他总是笑着说：“这点小事，不值一提！”

我和饶韬之间的交往很深，然而我们是君子之交淡如水。他从未托我办什么个人或家里的私事，他常说，你做领导的，大有大的难处啊！我不会给你增加什么麻烦的。自治区记协换届的事，出于各种原因，一直拖了好几年没有落实。饶韬几次写信给我，表明自己愿彻底退下来，让给年富力强的同志来抓这项工作，还真心实意地推荐了几位同志，供组织上作为候选人考核。他这种正派公道、任人唯贤的品质，打动了我。想起朱熹说过的一句话：“大凡敦厚忠信，能攻吾过者，益友也；其谄谀轻薄，傲慢亵狎，导人为恶者，损友也。”饶韬是诤友、挚友。

君子以厚德载物。生命对人毕竟只有一次，而能使自己有限的生命更加有效，这便等于延长了生命。如果一个人能将自己的生命寄托在他人的记忆中，生命仿佛就加长了。饶韬同志匆匆地走了。他本来还有很多很多的事要做，然而却匆忙地走了，留下很多遗憾。古云：“人之有生也，如太仓之粒米，如灼目之电光，如悬崖之朽木，如逝海之一波。知此者如何不悲？如何不乐？……”是啊，今天我们沉痛悼念饶韬同志时，透过他的一生，我们将真正体会到人生的价值：生命的长短用时间计算，生命的价值则用贡献计算。

人世间没有一个人能够阻止老年的来临。然而，当我们步入老年时，人生的交响乐应该以平静的、温馨的、和谐的终曲为结束。饶韬平静、平淡、平凡的一生，却奏响了一曲完美的乐章！

老饶，你安息吧！

松竹品格皆备，才学集于一身

——怀念吕朝晖同志

得知朝晖同志患重病住院时，我曾多次与他家人联系，想到医院去探望。然而，他的家人都说他患的是口腔癌症，面部浮肿变形，不能说话，暂不宜去探望。那年除夕前，医生让他回家与家人团聚三天，然后再回来住院。经联系，他回家第二天下午，我和钦挥同志一起去看望他。他精神尚好，但只能笔谈。他赠送我俩一人一套厚重的文集。可万万没想到，次日凌晨，他便静静地走了！那次探望成为我们见的最后一面，我无比悲痛！

若有人问，如何评价朝晖同志这一生？我想用四句话来概括：“接物最真诚，待人掏真心，治学唯真理，文章抒真情。”想必，凡熟悉他的人都会有同感。

朝晖是个地道的农家子弟，广西全州人，1948年生。在家乡读完初中后，考取广西商业学校。1968年毕业后被分配到罗城县委宣传部新闻报道组工作，任报道干事、组长。1973年加入中国共产党。1985 年调到广西日报社，历任总编办主任助理、副刊及政文部编辑，《广西经济报》副总编辑，《广西日报》副刊部副主任、理论部主任、高级编辑。2007 年退休。他的履历非常简单，从事新闻工作五十多年，把一生都献给了党的新闻事业，是一位很有学识、受人尊敬、小有成就的老报人！

20 世纪 60 年代末，我大学毕业被分配到罗城县委宣传部新闻报道组工作，朝晖比我早两年进报道组，我们同在一个办公室，朝夕相处。也许是同龄人，又有对文学和书法的共同爱好，我们一见如故，关系特别密切。他待人接物谦和诚恳、乐于助人，这是他给所有与他接触过的人留下的一致的印象。那时他还是单身，我已成家，逢年过节他总是买些菜和我们一起过。他不抽烟，好喝酒，为人慷慨大方，常常请报道组的同事聚餐，边喝酒边聊天。几杯酒下肚，话匣一打开，他便天南地北地聊，谈古论今，滔滔不绝。他每次下乡都会买一些当地土特产回来，在办公室给大家分享。有的同志在思想上有了困扰或生活上有了困难，他也热情相助。

当时县委特别重视新闻报道工作，报道组配备了八名新闻干事，成员多数是刚从学校毕业的青年学生，都没有干过新闻报道工作，文化程度参差不齐，有大学本科生、专科生和高中生。当时对我们这帮年轻人能否搞好新闻报道，人们都抱着怀疑的态度。朝晖虽不是组长，但大家很尊重他，有事喜欢和他商量，他有问必答。年轻人写的稿件请他看看，提点意见，他从不推辞。后来他提任报道组组长，和大家以诚相待。研究工作、讨论选题、修改稿件，人人畅所欲言、各抒己见，氛围挺好。整个报道组团结和谐，凭着热心和激情，将全县新闻宣传搞得有声有色。“罗城县报道组”在广西新闻界小有名气。

记得我第一次和他下乡采访，是要完成县委交给的一篇反映罗城消灭血吸虫病的新闻稿任务。我们骑自行车下乡，山乡道路崎岖，坎坷不平，花了三个多小时才到达采访的村子。天色已晚，我们赶紧采访。之前朝晖到过这个村子，对这里情况比较熟悉，很快找到生产队长，让他把采访对象集中到队部办公室。朝晖像谈家常一样和乡亲们聊起来，轻松自如。我初来乍到，不好插话，只是听着记着。谈了一个多小时，情况基本了解了，我们便到田头沟边看消灭血吸虫的现场，并向队长要了一些数字。晚饭后，我们赶到公社招待所休息。对如何写这篇新闻稿，我心里没有一点儿底，便问朝晖，采访时间这么短，这篇新闻稿如何写呢？他说，其实我们过去已掌握了不少消灭血吸虫的材料，这次来主要是看看现场，听听当地群众的反映，同时核实一下数字和事例罢了。

接着，我们一起讨论如何写好这篇新闻稿。他说，罗城成功地消灭血吸虫病，这是一个很好的新闻热点，关键在于选什么角度、用什么形式来写，才能达到最佳的宣传效果。现在我们手头掌握的材料和典型事例很丰富，如果简单写一篇新闻报道稿，是轻而易举的，但这是浪费资源，还是写一篇通讯稿为好。他对我说，你有深厚的文学功底，写通讯应该是得心应手，这稿由你主笔。然后他还和我具体商量了文章层次与结构。我过去是写过一些散文、随笔，但写新闻通讯却是“新媳妇上轿——头一次”，心里有点儿忐忑不安。回机关后，我便动笔赶写稿子，花了三天时间，终于写完不足三千字的新闻通讯稿《民族团结战斗“送瘟神”》。朝晖看后，做了一些修改，送组长签阅后才寄给报社。果然，几天后在《广西日报》头版发表了。县委书记表扬我们报道组，说这篇文章写得很好，发表也很及时。我们第一次合作成功，心里非常高兴，我特意请朝晖到家里喝酒庆贺。席间，他鼓励我：“老兄，你有扎实的文学功底，搞新闻一点儿也不成问题！”说实在话，没有他给出的思路和修改润色，我不可能写好这篇通讯，也不会有这么好的效果。从他那里我学到一些新闻的基本知识，他对新闻报道轻车熟路，文笔简洁流畅，工作作风扎实，令我十分钦佩。

朝晖为文，字斟句酌，一丝不苟。他在《广西日报》副刊部和理论部工作期间，不少文友与他打交道，对他是既敬且“畏”，他对一些来稿总是能挑出毛病来，然后诚恳地提出修改意见。有时就是在行将付印的校样上也大删大改，害得编辑手忙脚乱。他常说，我要对文章负责，对读者负责，至于在工作上添点麻烦，也是值得的。他对自己的文章更是咬文嚼字，认真推敲，反复修改。有时初稿几千字，定稿后仅有一千多字，足见其匠心独运。

那年我在南宁举办书法作品展，邀请他去参观。一个多月后他送我一首诗《潘琦书法印象》：

燕尾蚕头出汉朝，李斯篆体是秦豪。
兰亭禊事流觞酒，和尚成书万亩蕉。
展素惊鸿浮列雾，崩云举凤起腾蛟。
眼前又制心裁体，篆隶铭旌过板桥。

他还对诗句做了详细的注释。虽仅仅八行五十六个字，他修改不下十遍，历时一个多月，最后才较满意地送给我。他对我说："文章是'改'出来的。作文与做事相同，稍不注意，就会出纰漏。我写文章总是先写出初稿，然后放进抽屉，让心静下来，读读别人文章，相比对照，不妥之处便容易看出来，最后再做修改。文章好比陈酒，年头愈久愈醇香。"他主管理论部时，从不发表人情稿、关系稿。有一次有朋友要我推荐一篇论文在《广西日报》理论版发表，我把文章交给朝晖评判，他看完稿子，打电话给我，说这篇文章还没有达到公开发表的水平，暂不能见报。他把原稿退给朋友，并提出修改意见。这便是朝晖的文德观。他治学之严谨，堪为后人之楷模，文化界之榜样。

文章当以理致为心肾，气调为筋骨，事义为皮肤，华丽为冠冕。朝晖的文章都秉承着这种理念与信条。他写了很多文论杂著、评论杂谈和理论文章，对当时社会弊病进行尖锐的批评。记得他发表过一篇《略谈“看脸色”》的杂文。这篇不到两千字的文章，把社会上出现的形形色色“看脸色”办事和拍马屁的现象揭露得淋漓尽致，认为这“破坏了党的群众路线和实事求是的优良作风，危害了革命事业，损害了群众利益。既害人，又害己”，呼吁全社会共同抵制，彻底纠正。他的另一篇杂文《“芝麻官”要管“芝麻”事》，当时也引起一定社会反响。文章揭示了当时少数基层干部，为官不为民办事、贪图安逸、追求享受的不良作风，并分析了产生这种不良作风的原因，主张进行彻底整顿，提倡“芝麻官”管“芝麻”事，多为群众办实事、好事、有益的事。朝晖同志的杂文语言朴实无华，文笔犀利，针砭时弊，极有个性，字里行间也蕴含着对人生哲理独到的体验和领悟，对历史、对社会透辟的分析和深刻的见解。

朝晖主管《广西日报》理论部，以身作则，不唯上，不唯书，只唯真理，敢于直面开展文学批评。我曾学着写了一个电影剧本，初稿出来之后，打印了样本分送几个懂行的文友征求意见。反馈的结果都是对剧本的鼓励和赞扬，唯独朝晖给我写了满满四页稿纸，对剧本做了客观的评价，并提出具体修改意见，至今我仍保存着这封信的原件。信中他提出剧本的三点不足。一是立意不明。一部作品最重要的是思想性，即作品创作的意图，而这个剧本的创作意图表达不够明了。二是情节过于简单。线索、情节显得平直，缺乏磁性，没有让观众坐下来并读下去的吸引力，缺乏动人的情节。三是人物性格不鲜明。文学是人学，电影剧本是写人的，塑造人物性格是基本任务。这个剧本写的男女主人公是什么类型的性格，读后没有印象。所有故事、矛盾冲突都没有表现出主人公的性格。他的结论是：这个剧本看起来是思想性、艺术性、可读性方面的不足，实质上是对人物原型的理解、提炼、概括与升华不够，尚需下功夫修改！朝晖坚持实事求是，铁面无私，用锐利的眼光和敢于批评的勇气直面作品问题，让批评成为名副其实的批评，实在难能可贵！

朝晖学的是工商财务专业，自学考试大专文凭。他却一生从事新闻事业，在古典文学、文学理论方面有很高的造诣。这印证了“文凭不等于水平，专业不等于事业”的说法。当年，他在县报道组当报道干事，被称为“土记者”。但他一直按职业记者的条件、水平和职业道德要求自己，坚决抵制新闻稿件虚假、虚伪、虚题、虚张等华而不实、哗众取宠的行为，对一些文辞不通、语句不通、道理不通、段落不清、条理不清、废话连篇的文章和新闻稿特别反感，斥其为劣文废品。他是报道组的主笔、骨干力量，重要的报道任务非他莫属。他是有名的新闻报道“高手”。后来调到广西日报社工作，这为他提供了展示才华的平台和发展的空间。此后他的思想理论水平不断提高，佳作迭出。他的《傲霜斋选集》(上、下)，收入了他撰写的二百多首诗词、七十多副楹联和一百九十多篇杂文、散文、传记及理论文章，洋洋三百多万字，如此文艺成果，在文艺圈、新闻圈内都不多见。他在自序中写道：“吾自弱冠始从业新闻，凡四十年，退休后随缘应酬，以文字为乐，笔下留迹数百万言，在高明者看来多不可取，予亦自知。吾文略输文采，而又敢结集付梓者，敝帚自珍也。”字里行间透出学者虚怀若谷的品格。

每个人都有故乡。乡愁是一种简单的神往，想藏而藏不了的情怀。朝晖是一个满怀乡情、铭记乡愁的人。他的故乡全州地处桂北，与湘南永州交界，历史源远流长，文化积淀丰厚。他一直钟情于对全州历史文化的研究。20 世纪 90 年代，我在自治区党委宣传部工作时，他和几位文友特意邀请我到全州进行桂北文化考察，他亲自做向导。他对家乡的民俗民情、地方风物、古建筑、文化名人、历史沿革等都很熟悉，一路上给我们讲解，滔滔不绝，话语中流露出几分自信与自豪。这是一种不可替代的特殊感情，是融入血肉的潜在意识。他写过不少关于全州历史文化的诗文、碑记和楹联，这些文字像一根悠悠的长线，把他的心与故乡的山水、人文丝丝缕缕地系在一起。他曾为全州江滨公园撰写一副长联，从中可透出他的文采与对故乡的热爱：

登临送目，正合江平堰，烟景苍茫，一廊山水都在云中雾里。须晴日，看海洋越城，嶂叠峦层，九嶷都庞，青碧难了，更紫云黄华，重出翠微天外。几案前，平沙落雁，鱼鸟裒翔。熙攘攘，里许程因墟设市，里许程傍井成村，乐旺相宁康，大兴崇楼。万里神驰，珠江黄浦，端正好，心随流水到天涯。无限风光，自南薰歌罢，尽入舜域尧疆。江山存精义，从了厚以来，能几人昭明得到？

晤对骋怀，欣白发耆英，潭思旷若，百代风物月陈酒后茶余。稽蠹牒，揆楚悼吴子，鄂启金节，三军屠尉，黎黑杂着，那黥布灰炽，尽在乾坤套中。覆巢下，孙坚观鹄，贼羡擒格。乱纷纷，一会儿吹角连营，一会儿衔枚高垒，哀穷途狂病，炘毁梵鳞。千年梦幻，寂照毫光，免不得，僧捧降诏出岭表。峥嵘岁月，踵译吁筹赓，无非川封岭塞。天地养浩然，把元戎过后，复何处障碍通达！

上联写风景，下联写历史。歌颂统一、沟通、稳定、和谐，反对分裂、壅塞、扰攘、动乱，人文景观合璧，可称得上现代长联中的佳作。

朝晖从学校毕业，参加工作的第一站就在罗城。在罗城生活近十年，对仫佬山乡情有独钟，视之为第二故乡。他热爱这里的一草一木，熟悉这里的山山水水，结交了很多真朋挚友。他曾在一篇文章的作者简介中写道："在罗城工作经受锻炼、教育，奠定报人生涯的业务基础。罗城是我的大学，罗城有我永志不忘的情结，兄弟和朋友。"他离开罗城多年，依然关心着罗城经济文化的发展，县里搞的文化宣传活动，他有请必到，有求必应。他在报社工作时，更是对罗城的新闻报道工作给予了许多指导和帮助。新中国成立 70 周年时，罗城在邕的老乡编辑出版一本反映仫佬山乡社会经济文化建设发展成果的文集，向祖国七十华诞献礼。朝晖虽已退休，又不是罗城人，但仍担任编委，参与该书的整个编辑工作。朝晖对罗城魂牵梦萦的情思常常呼之即出，他曾撰写很多诗文赞美罗城，寄语罗城文友。如：

江山有大美，罗城竞其尤。只可成追忆，枉然当初踌。

忆昔昔惨淡，抚今今遗羞。鸡鸣声促促，翠竹影悠悠。

卜居三角嘴，近缘二水流。江流夜未舍，我心日近忧。

逝者如斯矣，来日不可留。凭栏问江水，何由再回眸！

乡情、友情在朝晖过去的生活里就像一盏明灯，照亮了他的人生，使他的一生散发着点点光彩。乡情、友情都是最珍贵的东西，不仅值得特别推崇，而且值得永远赞扬！

松有节而不畏冰雪，竹有贞而凌雨高昂。这是对松与竹品性的极妙概括。我与朝晖同志交往五十余年，亲如手足，兄弟相称，知根知底。他的一生光明磊落，牢记共产党员的初心使命，对党的新闻事业尽职尽责，坚持真理，勇于担当，深入研究并宣传科学理论；他敬畏中华民族优秀文化，刻苦钻研，辛勤笔耕，坚定传承。如今，他虽然匆匆离我们而去，但他的音容笑貌，他的文字，长留脑际。尤其是他那炉火纯青的学术见解，生动优美的诗词歌赋，敏锐开放的思维，独树一帜的文辞风采，坦荡虚怀的品节人格，将垂诸后世，这是留给我们的一份珍贵的精神文化遗产。

朝晖同志在九泉之下安息吧！

歌词的丰碑

——怀念著名词作家曾宪瑞先生

我是在微信群里惊悉，著名词作家曾宪瑞先生仙逝，心里万分悲痛。曾宪瑞先生是中国音乐文学学会第一届理事，第二、三届常务理事及第四届主席团成员，是广西音乐文学学会会长，桂林市第六、七届政协委员。他还是全国五一劳动奖章获得者，国家一级作家。他的逝世，使我们失去了一位八桂歌海扬帆人、实力派的词作家，是广西文艺界、中国音乐文学界的重大损失！我和宪瑞先生因工作而相识，因爱好歌词创作而相交。几十年来交往的情景历历在目，早就想写篇文章悼念这位文友、挚友。因忙于别的事，一搁至今，终于了却心愿。

我和宪瑞先生是在自治区一次文代会上认识的。那时我刚到自治区党委宣传部工作，会前在休息室和几位作家聊天，突然走来一位代表主动和我握手，微笑着自报家门：“我是桂林市代表团的曾宪瑞，我们想请部长一起照个相。”这突如其来的邀请，令我不知所措，但盛情难却，只好去和桂林代表团拍了照片。我们就这样认识了。

一次我出差到桂林，我们一起吃晚饭。饭后我们坐着聊天，三句不离本行，聊起歌词创作。宪瑞先生在数十年的歌词创作中，积累了丰富的经验，有许多独到的感悟和体会。他说，我写歌词从来不弄虚作假，胡编乱造，凡是我没有经历过的东西，没有真情实感的事情，没有非写不可的冲动，我从来不用歌词来表达。一首好的歌词是一团火，在人的心里不由自主地燃烧，这火焰在发热、发光，并且照亮别人的心灵。他列举了自己写的很多歌词，都是触景生情后创作出来的。他对广西歌词创作给予充分肯定，但主张在强调写本土题材的同时，还要从本土中跳出来，方能脱俗。纯粹写本土题材，有局限性，很难在全国传唱。他说词作家的思想站位要高，视野要更宽阔，立意要高远。他说话时，我静静倾听着，也仔细观察着这位在中国词坛小有名气的词作家。老先生依然帅气，衣着整洁，言行儒雅，知识面广，说话有条不紊，思路清晰，表情丰富。每有描述或议论，中肯、透彻、风趣，极富表现力，移之纸上便是文章。

一句生动睿智的格言可以改变人的一生。宪瑞先生常说：“我的人生格言是‘歌词是我的生命’！”他几十年如一日，不忘初心，践行格言，把歌词创作视为生命，坚持不懈，笔耕不辍。他把毕生精力献给了中国音乐文学事业。

他祖籍江西吉安，自幼聪明伶俐，爱好诗书。1954 年参加工作，20 世纪 70 年代加入中国共产党。他当过《桂林日报》记者、编辑，并在那时开始歌词创作。进入 20 世纪 80 年代，改革春风吹拂祖国大地，各项事业蒸蒸日上，这大大激发了宪瑞先生的创作热情。他什么都写，写自己熟悉的、热爱的生活，写民族习俗与风情，写劳动与爱情，但写得最多的是八桂人民的精神风貌和八桂大地翻天覆地的变化。他的歌词意象浅显，文辞优美，生趣盎然，各族民歌的丰富养分又使他的歌词总是那样激情豪放。他的才华与捕捉、表现生活、抒发情感的敏锐度，使他创作了很多耳熟能详的精品佳作。最著名的是他于 20 世纪 70 年代创作的《壮家少年在红旗下成长》，这首歌曾在全国广为传唱。他在音乐文学创作方面的丰硕成果，引起文艺界和组织上的关注。后来他当选为桂林市文联副主席，任《南方文学》杂志社社长兼主编，并成为中国词坛颇有名气的词作家。

我在自治区党委宣传部工作时，曾陪同二十多名词曲作家到百色地区采风，体验生活。当时宪瑞先生已年近花甲，依然报名参加。因为要下到几个边远的县，交通条件很差，我们全部坐越野车，每天要颠簸行驶几百公里。我怕宪瑞先生身体吃不消，劝他不必到乡村，在县城即可，他坚持跟随大家走。每到一地，他除了要求多看多介绍外，还喜欢请向导解说，和当地群众交谈。十多天的朝夕相处，我发现他对什么都感兴趣，特别是对当地的山水风光、历史背景、风土人情等，都认真采访，了然于心。这次采风活动，他写了五首歌词，所见所闻在他笔下变成多姿多彩、动人心弦的歌词，给人们展现了一幅幅壮美的图画。

看到各族人民为实现中国梦，团结一心，自强不息，守正创新，开拓进取，艰苦奋斗，顽强拼搏，宪瑞先生诗兴大发，迎来他创作的高峰期。他从真实的生活出发，从平凡中发现伟大，从质朴中发现崇高，深刻提炼主题，深入表现生活，生动抒发情怀，写了大量的歌词。几十年来，他先后出版了诗集《蓓蕾集》、歌词集《心中的歌》《美丽的白莲》《山水情》《南方二月天》《旅情》《爱的风景线》《相约未来》等十二本专集。他还创作了小说、散文、诗歌、评论等二百余万字。他的歌词作品先后荣获"五个一工程"奖、鲁迅文艺奖、铜鼓奖、金钟奖、金桂奖等奖项。中国音乐界多位著名的歌唱家，演唱过他作词的歌曲作品，并多次在中央电视台播出。有的歌曲在区内外广为流传。他是广西音乐文学界领军式人物。

宪瑞先生为人十分谦和，待人真诚，人缘很好。他结识了很多音乐界的朋友。他与中国著名词作家乔羽、阎肃、陈晓光等交谊甚厚，他是许多作家、诗人、词作家的知音和挚友。同辈的，中年的，乃至初出茅庐的的词家，都常与他往来。有时在一起讨论歌词作品，不分什么长幼，不论什么辈分，切磋交流，不避锋芒，直抒胸臆，畅所欲言。那些年，广西音协经常举办歌词创作研讨会，对一些作品的主题、思想、立意、用词等进行评论，或碰撞，或争辩，或赞扬，思绪纷飞，火花四溅，那学术氛围的活跃和民主，怎么形容也不过分。而宪瑞先生则常居其中，发表中肯意见。唯其如此，当年广西歌坛出了不少好的作品。

事业心是一种自信、耐力、毅力和勇气，尤其面临困难与挫折时，事业心是对事情的积极想法及心理状态。按理说广西凭人才、经费和地缘条件，都不可能承办出版《中国歌海词丛》这样的丛书，可是在宪瑞先生的努力下，克服了经费缺、人手少、联系难诸多困难，不仅承办了，而且办得很好，并一直坚持不懈地办下来。他先后出版了包括全国词坛各路名家在内的四百多部词集。不少名家建议申报吉尼斯世界纪录，如果申报成功，将是广西出版界和全国词坛一大幸事、盛事。

2005 年 2 月，他亲笔写信给我：“今去信只是向您催书稿，因为《词丛》第 18 辑二十四位词家的书稿就差您的书稿尚未收到。知道您很忙，但发稿在即，只好写信请您拨冗将书稿尽快寄来。至于出版经费问题，我想办法解决，您就不用费心了……”看完信，我既感动又深感愧疚。因为之前他向我讲过出版《词丛》经费有困难，希望自治区党委宣传部给予支持。当时我已调离宣传部，答应找宣传部商量，但因事情太多，竟把这件事忘记了。我知道，他承担编辑出版《词丛》，是小马拉大车，力不从心的。但他怀着强烈的事业心，凭着坚强的意志，抛弃无所作为的思想，勇于担当，把它当作一项事业，千方百计去争取事业的成功，这种强烈的事业心和责任感，难能可贵。

宪瑞先生对中国词坛的另一个重大贡献，就是连续编辑出版了《中国年度最佳歌词》，这是一件涉及面广、工作量大、复杂而烦琐的事情，他所付出的汗水和心血可想而知。每个年度要在众多歌词作品中，筛选出全国优秀歌词。各地先将参选的歌词作品投寄给各个编辑部及各种媒体，各个编辑部及媒体又将大量不合格的作品筛选掉，每年全国刊登在内部、公开刊物的作品，各地电台、电视台和电影、电视剧及各类晚会所用作品，数以万计。这上万件歌词集中在宪瑞先生手中，从中再精选出二百多件，而且要做到精准、公平、公正，真是难上加难！宪瑞先生除了亲自动手外，还依靠作者的认真对待、专家学者的精心评选和媒体编辑的严格把关，妥善解决这些难题，使每个年度的《中国年度最佳歌词》如期出版，受到广大词家的高度赞扬。

中国音乐文学学会常务副主席、著名词作家任志萍先生对宪瑞先生给予中肯的评价：“宪瑞兄是一位著名的词作家、编辑家，为争取音乐文学独立生存的空间，做了大量卓有成效的工作。早在1987年他就编选了《中国当代百家歌词选》，主编《中国歌海词丛》《中国乐海歌丛》《中国年度歌词精选》《中国当代歌词精选》等大型文学艺术丛书。编辑出版了当代三百八十多位词作家的作品和四百多部歌词集。在‘中国年度最佳作品系列’中，为年度最佳歌词争到了一席之地。他为中国音乐文学事业做出重大的贡献。”在宪瑞先生身上，印证了人有了意志，就能有目的地积极地改造外部世界，从而有可能成为现实的主人的真理。

由于劳累过度，宪瑞先生79岁那年查出患有癌症。为了不让朋友们担心，他一直保守患病的秘密，依然正常地工作，照样下乡采风和参加各种笔会、研讨会。歌词创作从来不停笔。旁人根本看不出他身患重病。2021年初他的病情开始恶化，行走困难，完全失去自理能力。桂林市文联领导得知后，便当机立断为他举办了一次作品研讨会，区内近百名专家、学者、艺术家参加了研讨会。与会者热情洋溢，畅所欲言，共同回忆与曾宪瑞先生昔日的友情，高度评价他几十年来取得的艺术成就，赞扬他的艺德人品和为振兴八桂歌海做出的卓越贡献。因钦佩他重病期间坚持创作,《广西日报》发表了两首歌词《难忘湘江》《你在哪里》。这次研讨会，人民日报网和广西多家媒体做了报道。不幸的是，一个多月之后宪瑞先生与世长辞，享年86岁。参加研讨会的文艺界同人算是最后见老先生一面!

人的生命虽然有限，但人用生命所创造的价值却可以与世长存。宪瑞先生一生从事党的文学艺术事业，几十年如一日，辛勤笔耕，以高度的政治觉悟，创作了大量歌颂党、歌颂祖国，赞美新时代和新生活，反映八桂大地的沧桑巨变的歌词作品；他不惧怕困难，主办编辑出版全国性的歌海《词丛》和中国年度歌词、歌曲精选，彰显了文化自信与奉献精神；他有强烈的事业心和责任感，对工作尽心尽责，兢兢业业，治学严谨；他为人谦逊和善，以诚待人，好交朋友。宪瑞先生爱党爱国的情怀、奋发有为的精神、踏实肯干的作风和坚强的意志，是留给我们的宝贵的精神财富，将永世长存。

宪瑞先生九泉之下安息吧!

落叶归根

——怀念韦智仁先生

案头放着印刷精美的，当代实力派画家韦智仁的《韦智仁作品集》。翻开卷首，著名画家、中国美术家协会副主席林墉在《美的追寻》一文中写道：“韦智仁是一直在追求美，这很好！美这东西是永恒的。愿韦智仁能美他一辈子！”真诚的赞扬，中肯的评价，不仅道出画家独特的画风和对美执着的追求，也引起读者对画家作品之美、何以为美以及他寻美心路历程的好奇心。

一

韦智仁先生的名字印入我的脑海，是在多年前第一次见面时。作为广西分管文学艺术的负责人，我喜欢和艺术家们广交朋友。2012 年 8 月的一天，有朋友告诉我，一位叫韦智仁的广西籍旅美画家回国，想和你见个面，晚上一块儿吃饭。听说是广西籍的画家，顿生一种亲切感，我当即满口答应了。

记得是在朋友简陋的画室里聚餐的。出于礼貌我提前到画室等他。六点多钟，韦智仁先生带着他的助手一块儿到来，大家寒暄几句，便入席边吃边聊。也许是我们对文化艺术有共同语言，话很投机。他操着南腔北调的普通话，谈自己追求美术事业的经历，讲在美国的生活和去过的国家的逸闻趣事。末了，他问我有多大岁数，我说，1944 年生，属猴。他笑着说，我 1942 年生，比你大两岁，是你老哥！坦诚、直率的交谈，我们一见如故，成了好朋友！

席间，我留意到，坐在身边的这位老哥，相貌极具南方人特点，中等个子，背头，梳着黑白相间的长发，精神矍铄，面容和蔼，举止从容，装束朴素。一双眼睛炯炯有神，说话风趣幽默，常露出亲切的笑容。也许在国外待的时间长了，讲话比较随便，不分场合，不论身份，不拘小节，谈到绘画艺术滔滔不绝，有艺术家的气质和风度。

他告诉我，自己多年旅居国外，到过二十多个国家。曾应邀为多个外国政要及名人、普通医生、军人、警察、商人以及很多华侨画过肖像。在圣保罗大学、艺术学院、巴西文化艺术等多个电视台讲过学，先后培养了十多个国家的数百名学生。1993 年起一直担任圣保罗美术大赛评委，并担任《圣保罗艺术报》顾问，还担任过美国博艺艺术中心艺术总监；还参加了南美作家协会，巴西艺术家联盟曾以他的名字举办过“韦智仁艺术最高奖”，先后在巴西举办了多次个人画展。他的作品被美国、加拿大、意大利、日本、巴西、西班牙等地的艺术院校及收藏家收藏。

听了智仁先生的一番话，我对他十分钦佩，肃然起敬。他出生于壮乡一个普通家庭，凭着自己超凡的才华和执着的追求，只身走出国门，挥舞着画笔游走于中西许多国家和地区，开辟出展示自己艺术才能的空间，为广西争光，为中国人争光。广西人应当为他感到骄傲。然而遗憾的是，他大半生付出心血所取得的丰硕的成果以及他在国内外美术界的影响，在广西却鲜为人知，我心里感到十分内疚。

二

打那次见面之后，我们交往甚密。智仁先生每次回到南宁，都打电话给我，我们常有小聚。后来从他送给我的画册、作品专辑及翻阅的一些资料中，我了解到他更多的情况。智仁先生 1942 年 11 月生于南宁市，自幼聪明伶俐，学习优良，特别爱好画画。1958 年考入广州美术学院附中。1966 年毕业于广州美术学院，受教于关山月、黎雄才、潘鹤、王肇民、陈晓南、徐坚白等大师。先后曾在海南艺术创作室、广西南宁群众艺术馆工作，曾任副馆长和南宁市美术家协会副主席。他对艺术事业有执着的追求，有满腔的创作热情，经常独自深入山区偏僻乡村，采风写生，创作反映少数民族和农村生活的题材。创作了《伯伯住我家》《夜静》《盛世中华》《忆江南》等数百幅作品，多次获省市和国家级大奖，出版了《中华骄子》《一代名家》《艺苑巨子》《旅美画家韦智仁》等多本专著，还曾出版了多套连环画。他早期的版画作品在全国就很有影响，1979 年加入中国版画家协会，1980 年加入中国美术家协会。20 世纪 90 年代初先旅居巴西，后旅居美国，做了职业画家。

从 20 世纪 60 年代之初，智仁先生的绘画天赋开始崭露头角，他的作品多次参加全国性美术大展，之后被国家送到新西兰、澳大利亚、加拿大、罗马尼亚、日本等国家和地区展览。数十年来，他一直锲而不舍地从事艺术创作和艺术教育。出国以后，他勇当中西文化交流的使者，促进中西绘画艺术交流，向西方介绍中国画玄妙而博大精深的艺术世界。同时他热情地吸收了西方艺术的养分，使自己具有丰富、深厚的美术素养，使得他的中国画的才情与笔墨功力呈现出更多传承与创新，形成自己别具一格的画作，成为一棵中西合璧的艺术常青树，精神可嘉，难能可贵！

一个充满自信的民族，不会拒绝同外来文化艺术的接触，发达的文化艺术无不受益于交流。文化艺术的交流，从来不是单向的，而是双向互助的。正是世界多种文化艺术的交融才谱写成一曲曲人类文化艺术史上动人心弦的乐章。智仁先生用自己的大半生实践了这至理名言！

三

那年春节，智仁先生回南宁探亲，应邀参加了我们举办的一个小型书画笔会。我亲眼欣赏到他的绘画创作。

有专家这样评论智仁先生："欣赏他的作品，宛若在缤纷的艺术长廊里徜徉，和着画家如歌的行板享受一幅幅多彩的华章。他在素描、油画、国画、版画、水彩画、水粉画、连环画等各个领域都有颇厚的造诣。我们可以感悟到这个多面手画家追求作品的美感、难度和表达情感的心路历程。"笔会中，我深刻体会到这番评价的分量与真诚。

他以创作国画为主，娴熟地运用传统毛笔、水墨、颜料在宣纸上创作写意画。创作主题多是美女、少数民族等人物。他的绘画造型别具特色，堪称一绝，十分注重对人物面部的细致入微的刻画，特别是眼部画得细腻传神。而其他地方不拘泥于外形，往往涂抹带过，但大量留白、大块泼墨、干湿浓淡枯均在其中，经他寥寥数笔，物象的神态、气韵、风采便栩栩如生地跃出纸面，真可谓妙笔生辉、挥洒自如、一气呵成！

观智仁先生作画的确是一种艺术的享受。我对绘画艺术知之甚少，但从他的绘画过程中，懂得了不少绘画常识与笔法。他的笔起笔落处很有讲究，时而浸润凝重，时而枯涩快疾，时而用拖笔散笔，有张有弛，有章有法，胸有成竹。从他的笔下，看得出那种超凡脱俗的墨笔趣味和功力，更能体味到国画墨骨、淡彩、线条、布局、造型的笔墨意趣。不到两个小时，一幅《挚友图》便展现纸面，画里云淡风轻，画外绵长厚重，彰显出国画的艺术魅力。

在真正的艺术作品中，一切形象都是新鲜的，具有独创性的，没有哪一个形象重复着另一个形象，每一个形象都凭它所特有的生命而生活着。从这个高度去评价智仁先生的绘画作品，是价值连城的。

艺术家是传递美、赞赏美、创造美的使者。始终不渝地追求美，是中外很多艺术家、评论家对智仁先生作品的共识与赞赏。他的画作充满美丽与和谐。无论是画山水，还是画人物，无论是版画、油画，还是国画，他都强调人物、场景的唯美动人，他画的人物通常帅气或靓丽，并配以优美的肢体语言，优美的背景环境，诗情画意，情景交融，给人以美的享受，情操的陶冶，情感的升华。可以说他的作品出新意于法度之中，寄妙理于豪放之外。令人钦佩不已！

他有不少舞蹈题材的绘画作品，多画少数民族姑娘翩翩起舞的情景，姑娘们婀娜多姿，美丽动人。这是画家所长，其中感人之处，正是他对美的不懈追求。他的作品已形成了以情带舞、以舞传情、动作唯美、意韵绵长的绘画艺术特色，用美术承载和传播着鲜明的民族精神和审美风格，在绘画艺术中独具特色，难能可贵。

智仁先生还是一个具有诗人的气质、画家的眼睛、歌唱家的嗓音的多才多艺的艺术家。他很有音乐天赋，不仅能作词作曲，还有不逊色于歌唱家的动听的歌喉和表演的技巧。每次聚会，兴奋起来，他都会高歌一曲为大家助兴。他年轻时是校园歌手，参加过学校联欢会和校外宣传演出活动。在国外他常参加华人文艺演唱会，我们曾一起到歌厅唱歌，拿起话筒就一直唱着，他那洪亮且带有磁性的男高音，颇受大家欢迎。我曾赞扬他是画家中唱歌最好的，歌手中绘画最好的八桂才子!

四

俗话说，一个成功的男人，背后一定有一个贤惠、知书达理的女人扶持他。智仁先生事业的成功，除了自己的天赋与勤奋外，还得益于妻子顾虹的关心与大力支持。我们最早的几次聚会，他的夫人顾虹因为料理家务都没露面。有一次我半开玩笑地说：“怎么总不带嫂子出来见一面，不会是金屋藏娇吧？”之后凡是聚餐顾虹都来作陪。

顾虹，1945年生于南宁，从小也喜欢画画。她长得清瘦秀气，年轻时一定是个美女。她早年在南宁绢纺厂设计室当技术员，其美术作品曾参加广西妇女书画展晋京展览，她还与北京一些著名女书画家共同探讨中国少数民族女性艺术发展的现状与未来。她的作品曾在地方和国家级报纸杂志上发表，是广西较早的一批女画家。

她私下告诉我，她与智仁先生的结合，可谓兴趣相同，情感相通，版画为媒。20世纪80年代初，韦智仁看到版画四大版种之一的丝网版画在中国居然还是个空白，他便四处寻找相关资料，立志填补这个空白。刚好到绢纺厂找资料时碰到搞丝网印花工艺的顾虹，于是通过顾虹找到厂里制版的上海师傅。刚开始上海师傅死活不肯传授制版技艺，韦智仁便先与上海师傅交朋友，帮他干活，建立师徒感情。上海师傅被韦智仁对版画艺术的执着追求和真诚、虚心、勤劳的品质所打动，传授了丝网制版印刷的全部技术。

接下来他们俩又遇到一个难题，制版的重铬酸铵等有剧毒，必须密封在暗房。可当时办公室只有十多平方米，到哪里去找暗房啊！韦智仁硬着头皮向单位领导申请，把办公楼顶的男厕所改造成研究丝网版画工作室，得到领导的支持。就这样他们俩在厕所里创作了多幅在国内外展览的优秀版画作品，受到好评。当时中国权威的专业杂志《版画世界》刊登了他们的多幅作品，并撰文评论向国内外推介，填补了我国丝网版画的空白。

在研究丝网版画的日子里，他们朝夕相处，并肩战斗，建立了深厚的友情，友情慢慢地转为爱情，最后走进了婚姻的殿堂。结婚后两人工资很低，生活困难，顾虹既要照顾家和小孩，又要上班，起早贪黑，很辛苦。韦智仁一边创作连环画，一边照顾孩子。顾虹说，有两本连环画是他一手抱着儿子，一手绘制完成的。后来的岁月里，无论是贫困还是富裕，无论是在国内还是国外，夫妻俩都不离不弃，相依为命，直到他们都七老八十了，仍相伴安度晚年。

听了他们的故事，我很有感触。其实我们这一代人，虽然没有轰轰烈烈的爱情，但平淡爱情中却有执着热烈的生活，这才是纯洁、质朴、真挚、牢固的感情！爱情是理想的一致，意志的融合。只有让爱情的嫩苗扎根在同一理想、同一志向的沃土里，爱情之花才会灿烂，爱情之果才会甜蜜！这些都在智仁与顾虹的爱情经历中得到了验证！

五

智仁先生是土生土长的广西人，无论在何时何地，他都热爱这片哺育他成长的土地。也许是画家的责任感和故乡情所促使，他始终怀着一颗拳拳的报国之心！海外游子永远也离不开慈母手中的风筝线。在阔别故土十七年后，他毅然舍弃在国外的优厚待遇，舒适的生活，回到故土家园。

在旅居国外期间，他不忘故乡情，经常抽时间回国参加美术创作活动。他曾在南宁良凤江国家森林公园举办森林画展，在广西博物馆举办东盟十国风情画展，他的作品曾在人民大会堂、全国政协礼堂、首都博物馆、中国军事博物馆、国家图书馆、国家美术馆展出。

那年他回到南宁，将自己所创作的一幅国画《回家》赠给“娘家”——南宁市侨联，表达自己爱国思乡的深情厚谊！

回国后，有不少省市或单位以优厚的条件请他去定居，但他都谢绝了。他常感慨，落叶归根，这是中国传统文化。他的根在广西，是广西的文化土壤滋润他成长，不可忘本。虽过古稀之年，面对祖国史诗般的变化，家乡的召唤，朋友的呼唤，他又焕发出艺术创作的青春活力，他要努力回报祖国，报答壮乡人民，为广西文化建设贡献绵薄之力！

岁月是最公正的裁判，给追随者以累累的果实，给虚度者以条条皱纹。时光穿梭，岁月如流水。勤奋者可以创造时间、增值时间、赢得未来。智仁先生所为之奋斗的事业，所热切憧憬的明天会更加绚丽多彩。

2021年12月18日晚朋友发来信息，智仁先生因心脏病突然复发，经抢救无效，在南宁逝世，享年81岁。噩耗传来，我为失去一个真挚的朋友，为广西艺术界失去一个优秀的壮族画家，感到万分悲痛！当时我正在外地，无法赶回参加遗体告别仪式，只能通过朋友向他家人表示问候，对智仁先生的仙逝，致以沉痛哀悼！愿他九泉之下安息！

一本迟到的书法集

——怀念书法家陈世良先生

非常惋惜，我没能认识仫佬族老一辈书法家陈世良先生。对于他的业绩、他的书法功底、他的人格品德，我只能从人们的言谈中，从他留下的书法作品里去体味和感受。

说实话，在看到世良先生的生平材料后，我感觉到，他的资历、他的遗文遗作与他的知名度很不相称，其中当然也包括他在《中国专家大辞典》上的条目。他于 1928 年出生在广西罗城仫佬山乡，自幼习练书法，在学生时期品学兼优，大学毕业后从事建筑设计研究工作。繁忙工作之余，仍坚持练习书法，其硬笔书法自成一体，他曾多次参加全国性书法比赛并获大奖。他的作品被收入《中国硬笔书法艺术精品大典》《中国当代硬笔书法家作品集》《国际著名硬笔书法家精品选集》等书中。然而，世良先生传给后世的作品却是零散的，甚至是无人知晓的。他连一本简易的书法作品集都未出版过。这对于一位很有成就的老一辈少数民族书法家似乎有点儿不公平，我辈自感有愧。好在，仫佬族企业家潘代业找到我，他要为世良先生出版一本《陈世良书法作品》，我很感动，提笔为这本迟到的书法作品集写序，也算对陈先生有个交代，告慰他的在天之灵。

陈世良先生一辈子刚直正派，淡泊名利，爱岗敬业，酷爱书法，特别是在硬笔书法方面造诣极深。他的书法字风朴实、笔力遒劲、运笔流畅，熔古今书法技巧于一炉，集多种字体精髓于一身，为传承和弘扬中华书法艺术做出了贡献。他是我们的老师，是我们的楷模。我欣赏他的作品时，为我们仫佬族有陈老先生这样的人才而感到自豪。

陈世良先生因长年劳累成疾，于1999年离开人世，享年71岁。古往今来很多文人墨客都以自己的作品让后人怀念和敬仰。从陈先生绝妙的书法作品中，从他的人生足迹里，我们后辈可以感悟出一些人生的真谛。

非常感谢广西人民出版社为我们仫佬族同胞做了一件很有意义的事。真诚希望这本书法作品集，能受到广大读者，特别是书法爱好者的欢迎！

陈老先生，您在九泉之下安息吧！

他与纳合村的故事

——怀念农民作家谢树强

谢树强先生是宜州人，是我多年来的老朋友、老文友。我虽然比他年长几岁，但我们几乎是在同一时期步入文坛。他没上过大学，初中没毕业就回家当农民，后来“以工代干”在公社搞新闻报道当记者。20世纪80年代转干，成为国家干部。他几十年如一日，笔耕不辍，创作了十多部长篇报告文学，数十篇小说、散文，著作等身。后来他担任河池市宜州区文联主席。广西文坛称他是“农民作家”“宜州奇才”。

那年四月，树强先生到我家。我们久未见面，寒暄几句之后，他便从一个袋子里掏出一本厚厚的书稿清样，说这是受东兰县领导之托，写了这部反映纳合村百年历史文化历程的报告文学，记录乡村文化发展中发挥过重要影响的人物、重要事件，进而思考当今人们关心、关注的传统文化传承、保护、发展等问题，试图揭示壮族文化发展的特殊规律。他还说，没有纳合的文化，就没有纳合的历史，没有纳合的历史，就没有纳合的将来。这个结论在《被岁月磨亮的纳合》中得到证实。末了，他很真诚地说：“你是搞广西文化研究的，又熟悉东兰、熟悉纳合，因此请你为这本书做个序。”对他的观点我完全赞同。当时广西桂学研究会也正组织力量开展对传统古村落的调查研究，可谓不谋而合，我满口答应下来。

我用了几个晚上时间读了树强先生这部巨著，真是令我惊喜。我惊喜的是，现今文学界，竟有他这样诚挚的作家，潜心去写一个小村庄的变化；我惊喜的是，这样的作品已多年未见了，它勾起我浓浓的乡愁；我惊喜的是，我自己原先的一种直观的见解，完全被树强先生用真凭实据来证明了。英雄所见略同啊！一个作家，只要他胸中有大义，心里有人民，肩头有责任，笔下便能写出真实反映生活的优秀作品。树强先生发表过若干作品，为了使自己不至于困在自己所铸成的既定的模型中，他不断地探求着更合于时代节奏，反映人民心声的表现手法，撷取生活中真实生动感人的素材，从最真实的生活出发，从平凡中发现伟大，从质朴中发现崇高，从而准确地提炼生活，生动地表达生活，多方面地展现生活。他的作品多少凝聚着这样的“苦心”。

纳合村我并不陌生，20 世纪 70 年代，我在河池地委工作时就去过那里。20 世纪 80 年代初，我被调到时任自治区政府主席的覃应机同志身边工作，覃主席老家便在纳合，我也常跟随覃主席回家看看。

纳合是桂西北地区一个典型的壮族村庄，离东兰县城不远，坐落在一块平坝地上，四周群山环绕，一条公路穿过村前的田野。一进平坝，扑面而来的是满目翠绿，绿树如荫，绿光摇曳，绿浪翻腾，公路被绿幄翠帱重重叠叠遮蔽着。春天时节，那高大挺拔的木棉树开着鲜红的花朵；盛夏，树木苍碧翠绿，就连空气也是绿色的。那绿色并非虚幻，仿佛一伸手就能掬住一样，深深吸上一口，就像红水河的碧波在胸中荡漾。就是这样一个壮族山村，自古以来，这里的人们诚实善良、吃苦耐劳、英勇顽强、崇文好学、和睦相处、人才辈出。清代时村里出过秀才，近现代出过红军战士及党的各级干部，出过大学生、研究生等。真可谓一方水土养一方人，一方人造就一方文化，一方文化成就了一番事业。纳合，山清水秀，人杰地灵！

树强先生用了三十多万字的长篇巨著完整地、真实生动地描述了纳合村的前世今生，为读者展现了许多生动感人的场景和重要的“历史事件”。书中对每个故事、每个环节、每个人物都刻画得淋漓尽致，入骨三分。纳合虽是个小山村，但不缺乏故事，不缺乏人物，不缺乏事件，作者没有把一眼看见的所谓的“材料”简单使用。他深入群众，走访农家，多观察，多思考，多咀嚼，等到消化之后，才拿出来应用。他透过纷繁复杂的现象看到事物的本质，透过喧闹声谛听到内在的强音。这是一个优秀作家良好的作风，值得我们的文学青年好好学习。作家要描写人与生活，就得深入生活、熟悉人物。如果直接根据表象去描写，就根本塑造不了典型，只能描写出某个个别的、例外的、没有意思的东西，只有从一个人身上撷取他的主要特点，再加上作家观察过的其他人的特点，这样才能形成典型的东西。我们从树强先生的作品中，感受到他高度的创作敏感性和高超的创作技巧。

《被岁月磨亮的纳合》以传统的篇章结构创作，时间跨度大，涉及事件多，人物关系杂，但作者都能很好地谋篇布局，情节进展有条不紊，主题鲜明，结构严谨。其中有很多“大题目”，内容却是平实、真实、求实的，做到“大题小做”，把天大的事说得稀松平常，叫读者放下心来静静地看看这个小山村的百年历史。这是他写报告文学的一种成功的做法。在当今提倡创新的时代常常会产生独特的文体，新鲜的文风。出现这出色的“大题小做”的手法，细心的读者自然会在阅读作品中体味出来，不必我在这里多说了。

树强先生生在农村，长在农村，长期从事农村文化工作，非常熟悉农村生活、农村文化，他写过多部、多篇反映农村生活的文艺作品，曾多次获广西文学最高奖励。《被岁月磨亮的纳合》充分发挥了他的所长，写出了地道农村味，散发着土地的芳香。用朴实的语言来表述是树强先生作品的一大特点，文中语言十分平实，没有矫揉造作，没有空话、大话、套话，读起来感到很亲切、很真实。作为一种令人感动的力量，语言的美是由于言辞的准确、通俗和生动而产生的。明晰的风格是由普通平实的语言形成的。树强先生是一个很有功底的作家，他能用最简洁的文字表达某个事件、某种印象。这部著作，不少地方他采用速写、随笔、杂文散文的写法，情景交融，优美动人，其中也有作者的抒怀，但不是硬邦邦的说教，不是无味的评说。而是带哲理性、启迪性的感慨、感悟，极富感染力、感召力和吸引力。作品反映的年代、时代背景都十分清晰，但不是“流水账”，他用平实的笔调把平凡的故事、平凡的人生、平常的日子，用不寻常的手法、不平常的意境叙说出来，使读者看完之后，体味乡村生活，亦可隐约窥见中国农村文化发展的影子。文学作品不乏怀旧，记忆是作家的眼睛，回眸时，在云里雾里，于朦胧处，会依稀看到星光，灿烂的、黯淡的、升起的、坠落的……这是我读完这部巨著之后的深刻印象。

中华民族在五千年的历史长河中，生生不息绵延发展，饱受挫折又不断浴火重生，都离不开中华文化的有力支撑。中华文化是丰富的，是重内在的，是有规律的，讲的是精神，讲的是民族的本原、本质。蕴含着过去和现在，积蓄了丰富的过去，丰满了伟大的现在。树强先生以锐利的眼光，质朴的情感，从真实的生活出发，从平凡中发现伟大，从而深刻地提炼生活，生动地表达现实。他以纳合壮乡一个普通山村的百年变化，滴水见太阳，反映了中国乡村文化的发展历史与现状。读这本书时，希望读者用纯净的鼻子精确清晰地闻出那散发土地清香的气息，用纯净的耳朵谛听当今中国农村前进的脚步声，用纯净的舌尖品尝农家种种质朴纯真的味道。

人生苦短。就在《被岁月磨亮的纳合》出版后的第二年，我惊悉树强先生在家突发急病不幸辞世，享年 75 岁。他是一个从乡间走出来的文化人，本来还有很多创作的构想，期待为故乡的文化做更多的奉献。他的突然逝世是广西文学艺术界的一大损失，文学桂军失去了一名乡土文学的干将。悲哉！树强先生生命之花的灿烂正在于勇敢地绽放自己。今天，我怀着悲痛悼念一颗文坛奇星的坠落，愿他的精神与作品不朽!

寻梦者的追求

——忆老乡欧阳广先生

我出差到湖南，欧阳广先生的夫人黄大姐打电话给我："过两天广西人民出版社要召开老广新作《书旅寻梦录》研讨会，请您务必参加呀！"我当即回答："请放心，我一定赶回去参加研讨会！"

《书旅寻梦录》是欧阳广先生以回忆录的形式，对他从事新闻出版行业的记述。书刚出版，他立即寄送我一本，并希望能提些意见。尽管当初尚不知道要开该书的研讨会，我还是认真地读了一遍，并有感而发写了这篇文章。

欧阳广先生是罗城县龙岸人，我们是地道的老乡，他是我的老前辈。罗城地处桂西北，是仫佬族聚居的地方。这里山清水秀，气候宜人，有丰富的自然资源和丰厚的民族文化底蕴。我曾经用"山头尖，筷子尖，笔头尖"来形容、概括罗城的自然、人文特点。其中龙岸极具代表性，有两句流传很广的民谣："好玩好耍，东门四把，要吃好饭，黄金龙岸。"龙岸是鱼米之乡，盛产大米。在群山环抱中的龙岸人杰地灵，近现代出了不少名人。新中国成立之初的广东省文联主席周钢鸣，香港文汇报原总编曾敏之等是黄金、龙岸人，可谓一方水土养一方人，一方人造就一方文化。欧阳广先生自幼家境贫寒，但良好的文化环境，培养了他勤奋好学的品格。他虽然没上过正规大学，不是“科班”出身，但他精通诗书，文笔很好，以致后来投身出版事业，一干就是六十多年，为实现自己的做书之梦，苦苦追寻奋斗了半辈子。他的人生经历，在文化人中极有代表性。这也许是《书旅寻梦录》备受人们关注的原因之一吧！

纵观欧阳广先生六十多年追寻书梦之旅，都是在执着追求中度过的，因此有很多美好时刻。阳广先生是个平凡的人，在他的书旅寻梦中，没有轰轰烈烈的故事，但从他平凡的经历中，能感受到“路漫漫其修远兮，吾将上下而求索”的执着，能感受到他对党的事业的无限忠诚和无私奉献。在出版界像欧阳广先生这样，一干就是几十年的人也许会有，但在从事出版工作的几十年中，富有思想，善于思考，能干出名堂的人就不太多了。欧阳广先生是一个抱着一颗正直的心，专心致志于事业的人，对事业执着的兴趣和不懈的追求，使他变得无所畏惧，一往无前，踏着困难走，迎着艰辛行。他也曾经有过转行的机会，但他毅然放弃了。事业往往是全身心投入的职业，是人为了更好地享受生命快乐而自愿付出的代价，事业是人生的常青树，是人生的不朽丰碑。欧阳广先生用六十多年的奉献树立了自己人生的丰碑。

欧阳广先生性格耿直、坦率，有话当面说，不拐弯抹角。我在宣传部工作期间，每次和他见面，都能听到他关于新闻出版工作的意见，特别是他到版协工作之后，对如何发挥版协的作用，他提出了很多很好的建设性意见。老乡聚会见面，我们谈的也都是工作，都是家乡的事。欧阳广先生心胸宽广，淡泊名利。在他成长的道路上，有坎坷，有泥泞，有委屈，但对过去的一切他都能一笑了之，从不计较。他从不为自己的事找我帮忙。对朋友、同事他都能包容。他在遇到困难的时候，从不灰心丧气，对生活充满信心，对前途充满希望。他说，时代不同，环境变化，令我不断调整人生的目标，但光明就在前头。

欧阳广先生是一个从少数民族地区走出来的高级知识分子，在他身上，我们看到了少数民族地区知识分子的品格。他温文尔雅，热情真诚，和蔼可亲。他在广西文艺界是个德高望重的老前辈，但从不以老前辈自居，大家都亲切地叫他“老广”。他的文采也是一流的，常在报刊上发表作品，每篇文章都无不显露出他的学识和才气。他的文章以理致为心肾，气调为筋骨，事义为皮肤，华丽为冠冕，读起来让人赏心悦目。欧阳广先生擅长诗赋，他与文友、笔友、朋友之间常有诗书往来，有时开会发言，诗兴发作，可即席赋诗，语惊四座。《书旅寻梦录》出版之后，他以诗抒怀："少壮投笔去扛枪，耄耋回眸忆沧桑，为人作嫁心也醉，书海扬帆梦犹香。"他算是一个有名气的"八桂才子"。一个人从边远民族地区走出大山，能达到如此水平，实属不易，难能可贵。他是我们晚辈的楷模。

对《书旅寻梦录》这本书的评论，不是本文的主要目的，我更想表达的是，如今写传记、回忆录的人不少，这是一种好的现象。所谓传记，顾名思义是记载、撰写、评述人物的生平事迹的作品。不管是自传、内传、外传、正传、前传、小传，或者传记文学等，总的来说，是要写真人真事。因此要有准确性，对采用的材料要求核对准确，切不可以随意虚构，也不可单凭道听途说，更不要捕风捉影，随意虚夸渲染；要有生动性，人物传记必须记述人物的具体活动过程，这样的记述才是生动的，切不要做空洞的概念化、公式化的叙述；要有鲜明性，即在实事求是的前提下，对材料要有取舍，把最动人、感人的事件、场景、思想记录下来，使传记作品具有教育意义和感染力。读了欧阳广先生的《书旅寻梦录》，我觉得这"三性"都具备，因此它是一部好的传记作品，很值得一读。

记忆虽会渐渐飘逝淡忘，但人们仍然带着欣慰和伤感的情怀，不由自主地回首。欧阳广先生用诚挚的态度，记叙了广西出版业发展中几近于无遗漏的有关资料，以自传的形式，记述了自己的人生道路和对出版业的不懈追求，袒露了自己的心路历程，多角度地叙述了广西出版业发展的艰辛与成就。文学能浓缩人生，也能展现理想。欧阳广先生的这部作品观点鲜明，文字生动，故事动人，将文学性、学术性、普及性与历史性融为一体，具有很强的可读性。

有哲人说，人的一生不断地让自己有新理想、新计划，使自己有新的发展，生活才不会平淡无聊，生命的价值也才能充分地显现。欧阳广先生已经逝世了，但他为实现自己的梦想而不懈追求的精神，永远令人敬重。

终生的追寻

——怀念卫华同志

那天，我和南宁市文艺界的几个文友聚会，谈到南宁市文艺界的情况，大家难免会议论到文坛上的张三李四。当我们谈到卫华同志时，有朋友说他是“文艺界的老黄牛”，大家都点头称是。

这倒不是说卫华同志少言寡语，而是说他默默无闻地在文艺战线上，苦苦耕耘了一辈子。他从不向组织伸手要名求利，从来不把“官衔”看得那么重。他 1942 年参加革命，1946 年加入中国共产党，在文艺界摸爬滚打了几十年，临终时，仍是一个享受厅局级政治生活待遇的正处级离休干部。他对人十分谦逊和蔼，对事对人都很实在。平时和同事们相处，都以“同志”称呼，从不摆老资格的架子。

我和卫华同志认识，是我到自治区党委宣传部工作之后。有一次，宣传部召开驻邕老文艺工作者座谈会，他参加了会议，并做了发言，对广西文艺的发展提了很多好的意见，讲得很诚恳、很具体、很在理。我在做总结时，还特意表扬和肯定了他的发言。会后他给我留下了电话。这之后，我们相见，都有交谈。他十分关心广西文艺事业，有时话匣不打自开，常常讲起他对广西戏剧创作的想法。他虽是江苏人，但对粤剧很感兴趣，曾深入研究，有精深造诣，我从心底里钦佩他为发展广西戏曲锲而不舍、辛勤耕耘的顽强追求精神。

是的，在广西文艺界，特别是在南宁市的文艺队伍中，像卫华同志这样经历丰富、学识广博、能演会编、能弹会唱的老文艺工作者为数不多。卫华同志 1943 年就是淮南军分区前锋剧团团员，从那时起，他便毅然走上了文艺人生的漫长之旅。在六十多年的文艺生涯中，他从一位普通的文艺战士，成为科长、团长、队长、市文联副主席。在战火连天的岁月里，他深入到战地采风，参加战地慰问演出。在华东野战军第四纵队文工团，他参加过歌剧《白毛女》的演出，扮演剧中的贺区长，组织群众起来控诉地主恶霸对白毛女迫害的罪恶。他还自编自演了许多群众喜闻乐见的文艺节目，是文艺战线的多面手，深受群众的欢迎。1953 年，为支援少数民族地区的文化艺术事业，他不计较个人的得失，愉快地接受组织分配，从上海调到广西农垦局筹建文工团，并担任团长。在广西一干就是五十多年，他为广西的文艺事业勤勤恳恳、兢兢业业地工作，奉献了自己的青春年华，为少数民族文艺发展做出了重要贡献。2006年12月，卫华被授予南宁市文学艺术界优秀文艺家的光荣称号。这是对卫华同志艺术人生的肯定。

卫华同志1986年离休，虽已耄耋之年，但依然热心从事文艺事业，一往情深地参加各种文艺活动。他是中国戏剧家协会会员，还担任广西新四军历史研究会理事、广西科技书画院顾问、中国蛇协顾问、《蛇志》杂志社副社长及《铁军风采》刊物编委等。那年，南宁市文联召开文联成立55周年庆祝大会，卫华同志还代表文艺界的老同志在大会上发了言，声音依然是那么洪亮，神采仍然是那么飞扬，话语仍然是那么生动感人，他的发言博得全场热烈的掌声。会议中间，他主动走到我的座位边和我聊起来。他说："你能到自治区文联工作，很好，老同志都很支持，希望你多为广西文艺界做些实事好事，发挥老同志的余热。需要我们老同志做什么事，你尽管说，我们一定尽力而为！"短短的几句话，说得我心里热乎乎的。他这种为党的文艺事业尽心尽力，老骥伏枥，志在千里的精神深深地打动了我！我紧紧地握着老人的手，激动地说："广西文艺事业有你们老一辈文艺家的支持，一定能繁荣发展，再创辉煌！"最后，我们俩人还一起合影留念，卫华同志脸上露出孩子般喜悦的笑容。

很抱歉，我和卫华同志毕竟交往不是太多，不能全面地介绍卫华同志的成就和经历。这里我只能从多年来和他的接触中，搜索记忆，并凭借一些资料写出这位文艺界老前辈的一些情况，只是想给文艺界的朋友和广大读者呈献一幅淡淡的人物剪影，以表达我对卫华同志深切的悼念。一个人什么也不带地来到这个世界，最后又什么也不带地离开这个世界，想起来，名利都是身外之物，只有尽了一个人的心力，使社会上的人多得到他工作的裨益，他的人生就是有意义的。卫华同志默默无闻地为艺术付出了终生时光，用自己的心血和汗水为广西文艺事业添砖加瓦，增色添彩。人们从他平凡的工作中得到裨益，他的一生是快乐的、有意义的，他的艺术生命是永久的!

卫老，您安息吧!

艺术之树常青

——为杨如及先生从艺五十年所写

我的书房里挂着一幅国画，画的是兰花和翠竹，画面简洁，笔法流畅，墨白分明，张弛有度，兰花盛开，竹叶纷披，栩栩如生。一看便知道是出自老辣画家之手。该画是岭南老画家杨如及先生八十大寿从艺五十年之时送给我作纪念的。我把它挂于书房，既可时常欣赏，也是表达对老先生的崇敬和祝福之情。

我和杨老先生虽从未谋面，但很早就从媒体和书画界的朋友那里知道他的名字，也欣赏过他的诗、书、画作品，对其仰慕已久。有一次，老先生托人到我家，说他要在广东办个画展，邀请我去看看，并希望我为他的画册写个序。我非常感动，其实我对绘画知之甚微，作为晚辈，老先生如此看得起我，为他书画展出点力，理所当然。

杨如及先生 1931 年出生在广东揭西县，自幼好学，早年投笔从戎，当过教师，执鞭于乡梓，如今桃李满天下。老先生教学之余，喜欢研读诗词歌赋，练字作画，至今半个世纪都不曾放弃。经多年苦苦探索，不懈追求，终出正果。如今杨老先生集诗、书、画于一身。有一篇题为《“三绝”一身八十翁》的文章写道：“今年 80 大寿的岭南老画家杨如及先生从艺半个世纪，他在诗、书、画三个不同的王国里播下了自己的种子，欣喜地看着种子发芽、成苗、抽枝，最后长成了杨氏风格的‘诗树’‘书树’和‘画树’。这三棵大树合成了中国花鸟画世界的一道奇妙的风景——杨氏花鸟……”中肯的评价，不仅道出这位绘画大师的卓越成就，也引导读者去欣赏他多彩的艺术世界和漫长的艺术之旅！

细读杨老先生的诗文，品味他的书法，欣赏他的绘画，不难看出，老先生很有文化修养，国学、诗学功底十分扎实。文以载道，书画同源，这是古老的中国绘画艺术的重要特征。道是宇宙的规律，自然的法则，人生的真相。历代文人墨客都以宗道、循道、演道、悟道为己任。他笔下皆是灵性的流露和情感的归宿。“未了画情传送客，依依惜别莲花峰，以我无得生花笔，多绘山河一副容。”这首诗充分表达了杨老先生对祖国河山的无比热爱之情。这样的情感，这样的意境，在杨老先生的诗作和绘画中随处都有流露。艺术家越是从心灵深处汲取感情，感情越是恳切真挚，艺术世界越是独特。杨老先生这种爱国之情怀，值得我们晚辈学习！

杨如及先生的书画有骨、有魂、有气、有势。他的画路宽广开阔，画风清新高雅，画格风标独卓。杨先生从艺半个世纪还养成了一个良好的习惯：外出写生，到大自然的怀抱里去寻找灵感。“挥毫须得江山助，不到潇湘岂有诗？”他到洞庭湖泛舟怀古，留下了《潇湘雨后》的佳作；他效仿古贤“搜尽奇峰打草稿”，登临黄山，写就中堂巨制《黄山送客松》，苍润华滋，真气扑人。这就是杨如及，一位在绘画王国里逍遥自在、随心所欲而不逾矩的艺术游侠，一位热爱生活，把大自然一草一木、一花一鸟随意写入画中的性情中人。国画大家杨之光先生曾题词勉励他：“墨非蒙养不灵，笔非生活不神——此石涛语，乃艺术至理，循此道，必宽广。”大师见地，真实不虚。

纵观杨先生的艺术生涯，他最擅长且成就最高的无疑是他的写意花鸟画，而尤以水墨兰竹享誉画坛，深受各方藏家青睐。如他的水墨斗方《易安才调》，借兰写人，以月喻情，入木三分地刻画出风华绝代的大才女李清照的旷世才情；《九如图》堪称先生的代表作：劲节青竹，鱼翔浅底，立意高洁，构图奇险，在一派“万类霜天竞自由”的意象中传神达意，品物洗心，非常含蓄地写出了万物之灵，君子之风，巧妙地传达出“青青翠竹，尽是法身；郁郁黄花，无非般若”的意境。

翰墨因缘旧，烟云供养宜。2011 年，年届八旬的如及先生仍处于艺术创作的盛年期，他的心态非常平和，也非常年轻，这一点也是很多同龄人难以企及的。平常心是道，清净心是福。如及先生是道福双全之人。悟道，所以他不争，上善若水；培福，所以他知足，心无挂碍。画品如人品，他的为人，淡泊明志，厚德载物；他的画作，涵映万物，神采奕奕，必为世人所珍重。

艺术来自人生，每一件艺术作品问世的时候，都带着作者的血肉和温度。生命需要艺术，艺术更需要生命。艺术的修炼必须付出终生时光。杨如及先生从艺五十多年，至今依然满怀创作的热情，笔耕不辍，作品丰硕，衷心祝愿他艺术之树常青！

（本文写于 2011 年，杨如及先生已于 2019 年去世。编者注）

寸草春晖

祖母的善良之心

每次回故乡，我都会到祖母的坟前为她烧上一炷香。这是一块小小的坟地，长满了各种灌木和青草，下面埋着我的祖母，一个我无限崇敬和一直怀念的人。

遥远的童年，我在祖母的关爱里度过。四岁时，家里为了防止我到河边玩水出事，早早地把我送进学堂。我还清楚地记得，那天，祖母早早起来，把叔叔用木板做成的书盒子放在堂屋的桌上，然后为我蒸了一个鸡蛋，上面撒上些葱花，叫我立在堂屋中间，对着祖先的灵位，一气吃光，说：“日后要清清白白做人，好好读书！”那时我年纪还小，不懂这些，只觉得鸡蛋好吃。

从那以后，都是祖母送我上学。她对我的管教很严，每天放学都得按时回来。为了防止我去玩水，她经常用印油在我的脚上涂一个红点。如发现红点没有了，说明我去玩水了，接下来不是打，就是骂，有时还要在祖先灵前罚跪，毫不留情。妈妈常对我说：“要听奶奶的话啊，你这条命是她帮你捡回来的。”这到底是怎么回事？我并不知道。

一天，妈妈终于告诉了我事情的原委。在我两岁多的时候，突然得了一场重病，到处求医都无法治愈，整个人骨瘦如柴，有气无力，到了最后我全身软得像一块粑粑，奄奄一息，父亲和母亲都已绝望了。母亲哭泣着把我放在堂屋的草席上，眼巴巴地等着我断气。祖母从外面做工回来，看见这番情景，马上抱起我，摸了摸身子还是热的，鼻子里还喘着气，便把我放到床上，拿起镰刀冲出门外，直往后山跑。

祖母做事很麻利，不到一个钟头，就捧回一大把各种野草、树叶和树根，她把这些东西放到沙罐里在地炉上烧开，然后用这药水给我洗澡，把我瘦小的身子擦洗得通红。这样七弄八弄，我竟然会哭了，原来软软的身子，慢慢硬起来。母亲听到我的哭声，抱起我也放声痛哭："我的儿子有救了！有救了！"祖母对她说："还哭，哭什么！还不快点到后山再采点草药回来，晚上还要给他洗呢！"

就这样，祖母和母亲连续几天轮着上山采草药，为我泡洗，不到半个月，我奇迹般地好了起来。我每每想到祖母让我死里逃生，便万分感激。祖母啊，是你给了我第二次生命！

祖母 30 来岁时，祖父就离开了人世，她便一直守寡，靠自己勤劳的双手，养活我父亲四兄弟。我们的村子很大，人多地少。我们家仅有两亩多水田，一亩多地，还有一个菜园。祖母把两亩水田种得很好，一年四季地里从没闲过，春天种水稻，秋天种红薯，冬天种小麦、种油菜。那小菜园更是五花八门，所种的菜除了家里人吃，还可拿到集上卖换回盐钱。地里除了种玉米之外，有时还种上棉花，她把棉花积攒着，过一两年，便纺成纱、织成布，给我父亲四兄弟做衣裳。直到我懂事了，还时常见祖母半夜三更在织布。那时点的都是煤油灯，由于经常熬夜织布，祖母的视力很差，眼睛常年都是红红的，一遇风吹就流眼泪。可她从来不曾上过一次医院，也没买过一次药，临去世前，已双目失明。祖母不仅得了眼病，而且腰腿病也很严重，最后背驼得像张弓。那生活的千斤重担全压在祖母肩上，她坚强不屈地挺过去，活下来了！她为儿子们落了一身病痛，一生只知道付出，苦活累活都是她做，这是为什么？直到今天，我才明白，母爱在女人心中是一件简单、自然、丰硕、永不衰竭的东西，就像是生命的一大要素。这就是我的祖母！

在我们偌人的村子里，守寡的女人不多，祖母能中年守节，因此当时在村子里有很高的威望，大家对她十分尊敬。后来，我父亲几兄弟长大成人，家境也好了许多，到我们兄弟姐妹这些孙辈出世之后，祖母本可享受天伦之乐，可已经驼背的她，仍操劳着家务。祖母是一个极讲卫生的人，她常把家里打理得干干净净，谁随便在屋里摆放东西，总会被她数落一顿。我父亲有一个毛病，经常随地丢烟头，为这祖母少不了和他吵架。有时祖母抢着把他没抽完的卷筒子烟头丢到地炉去，就是怕他不小心又把烟头丢在堂屋里。全家的衣服她包洗，时常抱着一大堆衣服到村边的小溪上去洗，村里的女人见了都开玩笑地对她说："三叔娘，你家开洗衣铺啊！"祖母笑着回答："自家人的衣服都洗不完，哪有空帮人家洗。"祖母爱整洁、讲卫生在全村出了名。

祖母是个好心肠的人，和别人相处得很好。我小时候家里经常来些不相识的人，祖母告诉我们，这些都是过去唱山歌时结拜的姐妹，所以我家的姑婆、表姐、表妹很多。我们家的房子很小，但村里人都喜欢到我们家玩耍，有时聊天，有时对歌，记得家里的堂屋两旁摆放着的两条又宽又长的凳子，被人坐得光溜溜的。我小时候常挤坐在大人们中间，听他们唱歌、聊天，有时听着听着，就睡着了。第二天清早，祖母把我从长凳上叫醒，才知道大人们刚刚才散去。长凳常常成为我们兄妹的小小床铺。祖母平时省吃俭用，为了一家的生活，她常常为了几筒米的报酬而去帮人家插秧、剥玉米。可村里谁家有难处，她都解囊相助。我们有一个邻居，有五个孩子，小孩年幼，男主人身体多病，全靠女主人一个人里里外外忙活，家境十分困难。每逢节日，祖母都把家里包的粽子、糍粑和猪肉送给他们家一份。我们兄弟姐妹的衣服、鞋子本来就不多，可祖母常把我们的一些旧衣鞋送给他们。村里的人都说："三叔娘心肠真好，好人有好报，她家养的猪大，种的东西长得好……"祖母的这些好品质，对我们兄弟姐妹影响很大，大家都学着祖母做人、做事。

20 世纪 60 年代初，九十高龄的祖母得了重病，卧床不起。她的房间窗口很小，白天黑夜都一团漆黑，我们只能借助微弱的煤油灯光给她喂饭。1963 年我考上中南民族学院（今中南民族大学），临行前我到祖母床前与她告别，告诉她我要离开家到很远很远的地方上学。祖母紧紧地握着我的手，声音细细地说："你有出息了，家里就靠你了，可要好好读书，好好做人哪！"我含着泪水对祖母说："奶奶，你放心养病，我一定按你的话去做，不会给你丢脸。假期我再回来看你！"当下她叫我为她擦身、换衣。我握着她的手，感到手心很温暖。当时那印象很深，我觉得自己手上的温暖永远不会消退。这刻骨铭心的场面，我永难忘怀。

最令我感到痛心的是，这竟是我见祖母的最后一面。在我到武汉的第三天，家里来电告诉我，祖母病情恶化无法抢救，已经去世，享年 93 岁。听完这个噩耗，我久久地呆站着，想着我尊敬的祖母，心里万分悲痛。祖母啊！你辛苦了一辈子，没有穿过一件好衣服，没有吃过一顿安稳饭，没有享过一天福，就离开了人世，你留给我们的东西很多很多，你那颗善良的心将永远照亮儿孙们人生的路！

这些年，因为一些老领导和老朋友的逝世，我写了不少悼念文章，希望能把亡友亡亲的形象真切地表现、记录下来，更想把自己的真情实感留在纸上，留传给后人。我为祖母写下这篇小小的纪念文，既是儿孙对她老人家的悼念，也想把祖母身上那淳朴、正直、善良、真诚的美德告诉后代，我们曾有个如此好的祖先，让我们铭记于心，黾勉以赴，将祖先的美德发扬光大！

怀念父亲

父亲去世已经很久了，我很早就想写些文字悼念他，可每次拿起笔又放下，因为对于父亲，我确实欠得太多、太多，无从写起。父亲辛苦了一辈子，好不容易把我们兄弟姐妹拉扯大，日子好过了，他却没有抽上一支好烟、没有喝上一杯好酒、没有穿上一件像样的衣服，就匆匆离开我们，真是“树欲静而风不止，子欲养而亲不待”。每每想到这些，眼泪滚滚而流。父亲哪，您是这个家里最辛苦的人，最可怜的人，最没福气的人！

父亲是一个老实的农家人。他小时候家里没有钱让他读完私塾。祖父很早去世，全靠祖母一把屎一把尿将他们四兄弟拉扯大。父亲排行老二，解放前国民党抓壮丁，老大已成家要养家糊口，就由父亲去顶替了。当了两年兵，父亲因实在无法忍受国民党部队的生活，便逃了回来，此后一直在家种田过日子。尽管他不识几个字，但学什么会什么，干什么成什么，算盘打得熟，还很会唱山歌。从我懂事开始，就常听见他在人家结婚办酒席时，和新娘家送嫁的人对歌到三更半夜，而且总是他赢。正因为这样，父亲在村子里小有名气，也有点威信。解放后，他成了村里的“土改根子”，合作社的骨干，生产小队、生产大队的定工干部。对于村里的各种公益活动，父亲非常积极，非常关心，非常卖力。有时家里的事，他全然不顾，整天为生产队、大队东奔西跑，好像公家的事才是他生活的全部。有一次生产队的仓库坏了，队里一时找不到好的木板修理，他竟把家里的楼板拆去修补仓库，惹得祖母、母亲对他大骂一通，骂他不把自家当个家，骂他总是从家往外搬东西，却从不见他往家里拿东西，这个家要毁在他手上。父亲什么也没有说，扛起楼板就走。祖母无法，只好用几根木条把漏空的楼板补上。当时我们都不理解父亲这样做到底为了什么。

父亲是一个非常善良的人，心眼特别好，对人真诚，从不背后说别人的闲话，也没有给谁穿过小鞋。乡里乡亲有什么困难，他总是尽力去帮。当时他在生产队当队长，“官位”很小，但作用蛮大。生产队里有几户人家因孩子太多，生活十分困难，分粮食时，父亲总是优先照顾这些困难户。自家分得的谷子他让我们兄弟姐妹自己担回家来，而他却亲自把谷子送到困难户、五保户家里。那时我们家境也不好，可我们的一些旧衣裤、旧鞋子，也被父亲送给队里的困难户。为此事，我们常和父亲怄气，后来才慢慢理解了父亲的心，体味了父亲的爱，领会了父亲的一片情。

父亲有时也会发脾气，而且火气特别大。有一次他在外边和人家闹了意见，回到家里就坐在地炉边使劲地抽卷烟，烟头丢了一地。祖母见到这番情景，拿起扫把边扫烟头边唠叨了几句，于是点燃了父亲心中的火，他正找地方出气呢！他大声地吼叫着，接着摔凳子、砸锅头、掷脸盆……活像个狮子。母亲吓得只会放声大哭，可祖母一点儿也不怕，和他以理相争，骂他没本事，就会拿家里人出气。每当这个时候，我们兄弟姐妹几个都怕得躲到房间里，等外面平静下来了，才偷偷跑出来。现在想起那情景，才明白当时父亲为何发那么大的火，显得那么凶。父亲文化水平低，生产队的生产压力大，家里生活负担重，有很多矛盾，有很多苦衷，无人理解，无法消除，只好向家人来发泄自己心底的怨气，唯有如此，才能减轻他精神上的苦恼和怨恨。然而，当时的我太小，无法去帮助父亲。改革开放后，如果父亲还活着的话，也许会洒脱得多了。

我的父亲还有一个不好的习惯，就是嗜烟、嗜酒，一日三餐不离酒，几乎每时每刻烟不离手。有时夜里睡不着觉，他半夜三更起来抽烟、喝酒。那时家庭经济困难，没钱买酒，他便拿大米、玉米去换酒。到收谷子、收玉米时，他就架起锅头自己酿酒。为了这个酒，母亲没少和父亲吵架。当时我们家劳动力少，靠工分从队里分得的粮食本来就不多，父亲还要拿去换酒、酿酒，母亲实在气不过，说他几句，有时还把酒壶藏起来，这免不了又是一场“内战”。吵到心痛之处，父亲大声叫喊：“我就那么一点儿喜好，却得不到满足，人还活着干什么？”这时，母亲也不说话了。说归说，骂归骂，吵归吵，酒他照样喝。父亲是个很有主见、很有个性的人，他认准了的事，一定要干到底，就是十八头牛也拉不回。后来，因饮酒过量，他的鼻子大量流血，咳嗽不止，几次到医院治疗，稍好，医生再三叮嘱不要再抽烟、喝酒了，但他根本听不进去，照样抽、照样喝。最后他旧病复发，医治无效，离开了我们，享年 86 岁。我们都说，父亲是被烟酒害死的。如果当时我们坚决管住他，不让他再抽烟、喝酒，也许他走得不会那么快。可是，管不住哇，他是决计要这样做的，谁也说服不了，谁也阻拦不住。也许是命运的安排。今天，我想起父亲，感到十分后悔。既然阻拦不了，为何不买点好烟给他抽？为何不买点好酒给他喝？他一辈子就这么一点儿乐趣，这么一点儿追求，这么一点儿享受，却得不到满足，作为儿女难道不感到愧疚吗？父亲去世时，我正在远离家乡的一个边境县搞调查研究，接到电报时已是下午四点，我立即赶回去。第二天清晨到家时，兄弟姐妹和亲叔们已把父亲的后事安排好了。父亲的棺材摆放在堂屋中央，我双膝跪着上前，深深地拜了三拜，我们兄弟姐妹放声痛哭。好悲伤，好沉痛，然而这一切都无法弥补我们欠下的父亲的情，无法挽回父亲对我们的爱！父亲啊，愿您在天之灵，能理解儿女们的这片心！

怀念母亲

姐姐的长途电话一直追到会议室，话筒里传来她急促的声音："母亲旧病复发，快不行了，希望你能赶回来，见她最后一面！"

接完电话，回到座位上，我再也不能专心地开会了。难道母亲真的就要离我而去？眼前闪过母亲那慈祥的面容和干瘦的身影。

母亲出生在一个非常偏僻的小山村，离父亲家很远，至今我都没有去过外婆家。外婆生有一男三女，母亲是最小的一个。外公早年去世，丢下外婆把四个儿女拉扯大，家境非常困难。母亲告诉我们，她长到 18 岁，出远门还要向人家借衣服穿。山里交通不便，缺水缺粮，一家人饱一餐、饿一餐地熬日子。

后来母亲从山里嫁给父亲，满以为生活会好一些，谁知父亲兄弟多，田地少，住房小，家里也穷得叮当响。母亲共生了十四个孩子，夭折了七个，最后剩下我们三兄弟四姐妹。白天带孩子上山到地里干活，母亲常常是背上背着一个，手里牵着一个，后面跟着一个。我们兄弟姐妹，一个个就是这样在母亲的背上长大的。

那时，父亲是生产队的干部，家里的事全然不顾，都推给母亲一人。每天晚上，等我们都睡着了，母亲才去切猪菜、煮猪食，常常忙到半夜才睡觉。天刚蒙蒙亮，母亲又要起来做饭、喂猪，然后带着我们上山劳动。那时母亲身体很好，尽管养这么多孩子，又整天不停地劳累，她却很少生病。母亲手脚麻利，干活儿、做事扎实，祖母常常在我们面前夸她："亏得有你妈，要不这个家不知成什么样！"我为母亲而骄傲，为母亲而担忧，她为我们承担了太多，我总担心不知哪一天就会累垮！

我第一次看见母亲生病，是在上初中的时候。那天，我放学回家，看见她躺在床上，姐姐告诉我，母亲牙齿痛得很厉害。俗话说，牙痛不是病，痛起来真要命。不一会儿，母亲紧抱着头在床上打滚，大声地呻吟着，我们看了很心痛。当时，无钱上县医院为她治疗，祖母赶忙请来当地的土医生。那土医生给母亲含上一种什么药，牙痛很快止住了。以后母亲每逢牙痛，便会含这种药，结果满嘴的牙齿一颗颗慢慢地脱落下来。苦了一辈子的母亲，直到我们兄弟参加了工作，才为她镶上一口假牙！

1995 年夏天，父亲刚去世不久，一天，母亲和妹妹在地里干活儿，母亲突然感到头昏、胸闷。妹妹劝她回家歇歇，她不肯，等到吃午饭时，便昏倒在地里，村里人忙用手扶拖拉机把她送到医院。

经诊断，母亲得了脑血栓。我得知消息从南宁赶到县医院时，医生告诉我们要做好思想准备，即使这次母亲被救活了，也很可能落下后遗症，走路说话都不行了。我们听了全都泣不成声。

可是奇迹在母亲身上出现了。经过几个月的治疗，她不仅能走路，而且说话也很流利，只是脑子里有些乱，记忆力减退，对过去的事记得比较清楚，对眼前的事一过即忘，眼神失去了活力与光彩，做事也迟钝、呆板。有一次侄女要向她借五十块钱，她满口答应，结果竟把一张一百元的票子剪成两半，把一半交给侄女，说："借给你五十块。"每当看到母亲痴呆呆地望望这个，又痴呆呆地望望那个，我便心酸得掉下眼泪。

那年春节，我把她接到南宁。当时工作正忙，没有时间照顾她，她便自个儿到街上走走。那天一直到晚上十一点还不见她回来，我们紧张起来，全家人到外面去寻找，把她可能去的地方都找遍了，还是不见踪影。当时天正下着毛毛细雨，寒风袭人，母亲穿的衣服又不是很多，我心里万分焦急。朋友们、同事们知道后纷纷出动寻找，仍杳无踪迹，我们只好在电视台播了寻人启事。一直到凌晨三点钟，才接到军区大院值班室打来电话，说母亲正在他们那里。

当我从部队的车子里扶她下来时，她倒若无其事地说："解放军真好，请我吃糖吃水果呢！"经细问，才知道原来她在街上迷失了方向，误把军区大院当成我们住的大院。因语言不通，部队的同志无法把她送回。

想到这里，我的眼泪夺眶而出，真想马上飞到母亲的身边。

第二天清早，我和弟弟便驱车往家乡行驶。三百多公里的路，因下雨路滑，足足花了五个小时。回到县里，才知道母亲并没有住院，仍躺在家里。村里的老人说，按仫佬族的风俗，老人是不能死在外面的，一定要在家里逝世。家里人不敢破这个规矩。

母亲双眼紧闭，静静地躺在床上。我们的话，她全然听不见。她时而双唇微启，似乎在诉说什么，但没有一点儿声音。姐姐告诉我们，从病危到昨天，县医院的医生整整抢救了三天，都说没有希望救活了。姐姐还说，今年是母亲的本命年，看来这个坎是迈不过去了，家里已经准备好她的后事。

我紧紧握着母亲的手，她的手还是暖和的，甚至是有力的。母亲把我的手拉着贴在她的胸口上。姐姐说："她就是在等你回来啊！"

我突然意识到，母亲此举说明她心里还很明白。从她脸上的表情看，并没有丝毫要去世的征兆。我立即嘱人开车到县医院请医生继续抢救。只要有一线希望，就要千方百计抢救，哪怕是延长她半天、一天的生命。

经仔细检查、会诊，医生认为还是有一点儿希望的，当即研究了抢救的方案，并着手抢救治疗。我们全家人都在焦急地等待着，一直到半夜三点，医生告诉我们，母亲的心跳开始正常了，体温也逐渐降下来了。大家非常高兴，我们轮流守候在母亲的病床前。

次日清晨，当第一束阳光照进屋子里时，母亲竟然微微地睁开了双眼。看见我们兄弟姐妹围在床前，泪水涌流在她那布满皱纹的眼角。她双唇翕动，发出微弱的声音："你们都回来看我！"我们兄弟姐妹不约而同地哭喊着："妈！我们回来了！"

母亲又慢慢闭上双眼，慈祥的脸上露出淡然的微笑，仿佛已很满足了。母亲，慈爱的母亲，从来就没有过高的要求，一切都为着儿女们好！

农历五月二十九日是母亲的生日，这天我正在北京开会。当我从北京打电话回家询问母亲的病情时，家里人说母亲现在好多了，全家人正为她过生日。泪水模糊了我的双眼，我紧握着话筒，说："祝母亲生日快乐！"

母亲的歌

母亲在我童年时代的世界里，给我最深刻的印象就是会唱一口好山歌。她的嗓子很好，歌唱得也富有感情、朴实动听。方圆十里八寨，凡有喜庆佳节，都要邀请她去对歌助兴。

据说，母亲和父亲的结合是以歌为媒的。这事他们从不曾向孩子们讲过，我是从村子里的大人嘴里听来的。父亲年轻时也是一个好歌手，但他从来没有唱赢过母亲。母亲虽是个目不识丁的农家女子，但唱起歌来，随编随唱，随问随答，从不打顿，从未被难住。歌喉一开，那歌声如山泉般潺潺流出，叫人感动，叫人吃惊，叫人佩服。奇怪的是，我们长大之后，从不见父亲和母亲再对歌，后来才知道，父亲年轻时老对不赢母亲，就再也不敢与她对歌了。

儿时，我常常为母亲的歌着迷，我能在她的歌声中寻找到自己的欢乐。记得中秋之夜，皎月只不过像是一杯淡酒，够不上酩酊的滋味，而母亲的歌清芬甘甜直达我的内心深处，久久不散。她和大伙唱着，唱着。我默默地倾听，有时也浅唱低吟。今天，我已经记不清歌词的意思，只记得母亲在大榕树下，大家围着她成一个圆圈，一直唱到天亮。当时，我真不明白大人们为什么唱得那么起劲，废寝忘食，通宵达旦。多少年后的今天，我才明白，发自父老乡亲们内心的歌，是永远唱不完的。每一支歌，都饱含真实的情感、动人的情感、至深的情感！纯朴、勤劳、真诚的山里人，歌唱着生命，同时也被生命歌唱着！

记得 20 世纪 90 年代初，母亲已经年近八十，那年我专程从南宁回老家看望她，事先已打电话告诉她我回去的消息。可我回到家里，却不见母亲人影，哪里去了？经打听，才知道她和村子里几位老人到场院里对山歌去了。妹妹骑着自行车赶去喊她回来，你听她怎么说：“回来就回来啰！让我把这几首歌唱完再回去也不晚！”妹妹生气了：“大哥大老远回来看你，你把唱歌看得比儿子还要紧！”她连话也不答，自唱她的歌去了！唱歌是她的精神寄托，是谁也阻拦不了的。

后来，我光顾得忙了，忙得顾不上再回家看望母亲。那年夏天，突然接到母亲病危的通知，我连夜驱车赶到县医院。母亲已经躺在病床上三天三夜昏迷不醒，经请几方面医生会诊，是脑血栓，说治好比较困难，最好的情况也是个植物人。全家人都抱头痛哭。

然而，奇迹出现了，经过一个月的精心治疗，母亲竟然站了起来，继而下床走动，到后来就可以到屋外活动，谈话也没有多大的障碍，只是记忆力很差，过去、现在，就连眼前的事，一下子全忘了。最让人揪心的是，她的歌，一肚子的歌全都没了。从此，她再也不能唱歌了。每当我看着她痴呆呆地望望这个，又痴呆呆地望望那个，便心酸地掉下眼泪。母亲啊，再也听不到你的歌声了！

母亲的歌，唱出了一位普普通通农村妇女的心声，歌中表现出她那勤劳善良、克勤克俭的品格，那克己让人、豁达开朗的胸怀，那不畏艰难、自强不息的精神，那对新社会、新生活无比热爱的情怀。这一切都在潜移默化中传给了我们兄弟姐妹！尽管如今听不到母亲的歌声了，但她那饱经风霜的脸仍常常绽开喜悦的笑容！

三叔的背影

我父亲四兄弟中，三叔是最穷、最苦、最惨的。听祖母说，三叔小时候很调皮，不听话，常被祖父训骂、鞭打。祖父去世之后，祖母一个寡妇撑着这个家，把四个儿子拉扯大，她最费心、操心的也是三叔。等他长大后，被抓壮丁，当了国民党兵，离开好多年。我懂事后，才知道还有个三叔。

大约是广西解放前夕，当时我已有5岁，有一天晚上，突然村里的狗叫得很凶，我们家的狗更是狂叫。不久，只听到有人拼命地敲我们家的门。祖母说："这两天我眼皮老跳，肯定要出什么事了。"叫四叔到门口看看是谁在敲门。

"你是谁？"四叔轻轻地问。

"我是老三哪！从湖北逃跑回来！"门外的人焦急地说。

四叔马上跑回来告诉祖母，说是老三回来了。祖母赶忙跑去打开大门。站在门口的是一位衣衫褴褛、满面污垢、双手空空的男子，大家一时辨认不出他到底是谁。祖母把他引进堂屋，在油灯下，才认出他就是自己的三儿子。祖母二话没说，立即烧火做饭，拿来四叔一套衣服，叫三叔赶快去洗个澡。

这顿饭三叔足足吃了一斤米饭。见他狼吞虎咽的饿相，起码有两三天没有吃过饱饭。我站在一旁好奇地注视着这个第一次见面的三叔。高高的个头，长方形的脸，一双机灵的眼睛，挺直的鼻梁，说起话来喜欢挥动手臂，抽烟的姿势很洒脱。父亲四兄弟中，他比较英俊潇洒。

三叔吃完饭，没等大家提问，他便滔滔不绝地讲述自己逃跑回来的历险记——

我在的国民党军队与解放军在长江边上打了一仗，国民党军已经经不起打了，结果交锋不到半天，就溃不成军。我趁机脱下军装换上了当地老百姓的衣服，便往南方逃跑。当时身上还有些钱，知道靠这点钱是回不到家的，于是沿途做些小生意，边做买卖边往南走。一路兵荒马乱，没有人管，开始倒还顺利，到了湖南，有一次做山姜生意，在城里叫卖，把“卖山姜”喊成“卖江山”，被当地人取笑，后来改成收购破烂儿维持生活。

我艰难地走了两个月，快进广西地界时，倒霉的事发生了。那天在乡下做完生意，赶夜路到城里住，谁知在半路遇上一帮强盗，把全部钱财物都抢光了，只剩下一身衣服，我求他们留点路费，强盗们说："留你一条性命就已经不错了，还想要钱？"当晚我在城门外露宿。

从那天起，我开始一路讨饭一路走。进入广西已经筋疲力尽，衣服破烂，好在广西老乡很不错，见我可怜，送给我吃的东西，才没饿死。这一路的苦难，一时无法讲得清啊！不过总算回到家了……

自从三叔回来，家里热闹了一阵子，村子里的人都来看他，询问外面的形势和他的经历。三叔在国民党军队里待了几年，学了些文化，和大家侃起来，头头是道，村里人听得津津有味。但有一点他非常明白地告诉大家：国民党完蛋了，共产党一定得天下，他是看到这种形势才回来的，不想再当国民党的炮灰。末了，他总是很神秘地说："共产党是一群专救贫苦老百姓的好人！解放军是一支很厉害的军队，打起仗来，听说是解放军，很多国民党兵都自动投降！"

三叔回来之后，家里增加了一个壮实的劳力。他力气很大，重活、累活都是他干。他那高大修长、充满活力的背影，深深地刻在我的脑海里。可是最让祖母头痛的是他的婚姻大事。她想老三已经三十好几了，该结婚了，可是家里住房太小，原来三兄弟同住在一座四间正屋的老房里，已经够挤的了，如果老三再讨个老婆回来，在哪里住哇！

后来祖母跟三叔说："你也该结婚了，怎么办？有个办法可以解决，就是给人家做上门女婿，你看如何？"三叔是个很开通的人，笑着对祖母说："阿妈，怎么办都行，你做主吧！"

于是祖母叫人帮三叔找对象。村上的一个媒婆很快在附近的一个村子里找到了一个女人，丈夫刚去世，有栋很大的房子，愿意接纳三叔"上门"。这婚事很快就定下来了，请人选定了良辰吉日，立即就办婚礼。按我们民族的风俗，男方到女方家"上门"，女方无人来接新郎，而是新郎和几个同伴三更半夜，自己打着灯笼到新娘家。三叔老老实实按规矩办了。他去的那天晚上，我早早睡觉去了，不知详情。后来姐姐告诉我，临出门时，三叔跪在祖母跟前拜了三拜说："阿妈，我这辈子没有孝敬你，刚回来本想好好照顾你，却又到别人家去了，我对不起你！"祖母放声哭了，什么也没说，把三叔送出门。

三叔结婚以后，便很少回来，说是那边家里活路很多，有田有地，还养了几头牛，生活很宽裕。第二年他们生了个女孩，那两年是三叔一生中最快乐、最幸福的日子。可是好景不长。三叔有个很坏的毛病，经常酗酒，逢喝必醉，而且烟瘾特大，每次喝醉酒，回家不是摔东西，就是乱骂人，甚至动手打人。有一次他醉醺醺地回来，三叔娘多说了他几句，他把三叔娘打得鼻青脸肿，村子里的人没有一个不指责他。等他酒醒过来，知道错了，给三叔娘赔礼道歉，可是下一次又重犯，搞得全家不得安宁。三叔娘实在忍受不了他这种折磨，坚决提出离婚，无论村里人怎样调解都不行。他们的婚姻只维持了五年就结束了。三叔又带着他的衣物住进家里那间又小又黑的小屋。后来父亲攒钱买了村子里一栋旧屋另住了，把我们的房屋让给三叔，他才搬到大房住。

20 世纪 60 年代初，我上了大学，五年内只回过两次家，加起来不到两个月，主要原因是没钱买车票。三叔的情况知道得不多，只听母亲告诉我："你上大学后不久，你三叔又和同村一个刚离婚的女人结婚，也生了个女孩。可是不到两年也因为抽烟喝酒的事离婚。看来你三叔的恶习和脾气不改，这辈子很难成个家呀！"我想，三叔在国民党军队里待了那么多年，沾上这种恶习已经根深蒂固了，要改谈何容易。后来祖母去世了，再也没有人为三叔的婚事操心，加上兄弟分了家，他所得无几，生活比较困难，无力考虑结婚的事，他便和小女儿相依为命过日子。

我大学毕业后，分配回县城工作。有一天，我上街买菜，看见路边一个老人在垃圾堆边翻来翻去找东西，这背影很熟悉。我走上前一看，原来是三叔。我问他在找什么东西，他支支吾吾地说："找找看有没有人丢粮票。"我说："这怎么可能啊！你要多少？我口袋里有几斤。""有斤把粮票买点米粉就行了！"我当即给了他一斤粮票、两块钱。三叔笑了笑，走了。

当天晚上，我把这件事告诉母亲。母亲很平静地说："你不知道，他这些年全是靠捡破烂儿过日子呀！家里人嫌他脏，都远远躲开他，不愿意和他来往，只有你父亲常去看他，过年过节请他到家里吃饭，他们父女俩过得很苦哇！"母亲说到这里，眼里流出了泪水。

打那以后，但凡我回老家都要到老屋去看望三叔。那时我和妻子工资不高，家里负担也重，尽管如此，我还是会送给三叔几块钱和一些粮票，逢年过节会带一瓶好酒给他。每当我看见他那越来越瘦弱、越来越弯曲的身体，心里就一阵酸楚。

村里的人对我说，三叔尽管生活艰难，穷困潦倒，但他从来不偷不抢，不骗不拐。他走过人家的地头田尾，从不顺手牵羊拿别人的东西，村里人见他可怜，送给他玉米、红薯，他才拿。对人们的取笑、歧视，他只当看不见，听不到。有时他忍不住了，对人说："我这个人，活到今天，谁也不欠，干吗你们要欺负我，摸摸良心问问自己吧！”

三叔老了，但仍在艰难地挣扎着生活，在一次从县城捡破烂儿回家的路上，跌了一跤，腿骨断了，从此卧床不起。我曾专程从南宁回去看过他一次，他躺在灰暗的床上，见我回来，想撑着坐起来，但怎么也不行。我坐在床沿上，安慰他好好地把腿治好，以后别去捡破烂儿了。他老人家摇摇头说：“这腿是治不好了！老天爷对我太不公平，这辈子吃那么多苦，受那么多罪，连死也不让我舒舒服服地死！这都是命啊！”我听了这些，不知如何安慰他，作为侄儿，我没有帮过他一点儿忙，没有侍奉他一天，他那么穷，那么苦，也没有伸手问我要过一分钱。想到这些，我深感内疚。我把带去的物品放在他床头上，把三百块钱塞进他手里，说了一句：“三叔，你多保重！过阵子我再回来看你！”

“嘿，你那么忙，还从大老远回来看我，我满足了！你安心回去工作吧！”三叔紧握着我的手，激动地说。在微弱的灯光下，我第一次看见他的双眼流出了泪水。

谁知，这竟是我见三叔的最后一面。三叔去世时，家里人没有打电话告诉我。后来弟弟来省城时，才告诉我说三叔三个月前走了。我埋怨家里人不该这样。弟弟说：“因为你太忙，告诉了你，你也不一定能赶回去，何况三叔走得也很突然，头天还好好的，第二天送饭给他吃，已经断气了！”

我心里十分悲痛。三叔活了七十五个年头，没有享过一天福，一直在艰难地生活，他的生命质量是何等的差，他的生活是何等的艰辛，他的命运是何等的多舛……每当我眼前闪现他蹒跚行走的身姿，低头弯腰在垃圾堆上翻扒的背影，心头如被针刺……

痛苦使世界变得不幸和凄惨，人人都难以躲过吃苦，我们的责任就是去解除人们的痛苦。宿命论是那些缺乏意志力的弱者的借口，一切善良的人，都应为创造人类的幸福而奋斗！

大哥的婚事

男大当婚，女大当嫁，这是人间常情、常事。可是落到大哥的身上却是个很大的难题。大哥是我大伯的长子，在我们家族的兄弟中，也排行老大。我们兄弟姐妹和村里人都叫他大哥。论人才，大哥中等个子，人长得很秀气，轮廓分明的方脸上，一双迷人的眼睛，和人说话时总是温柔地注视着对方，脸上带着笑容；论学识，大哥虽然没有上过正规大学，可他在部队三四年，文化水平不亚于大学生，尤其是他能写一手很好的毛笔字，村里逢年过节、婚丧大事写对联，都请他动笔，这使他在方圆十里八寨小有名气。

大哥为人也很厚道、善良，很少和人争吵、斗气。我们是个大家族，几十号人，兄弟姐妹之间，邻里之间，婆媳之间，有什么不和，都是大哥出面调解。大哥在村子里很有威望，大家很敬重他，都很听他的话，凡是他出面调解的矛盾，都会迎刃而解。有一次，村里一头牛吃了我们家菜园的青菜，母亲很生气，非要牛主家赔偿不可。那牛主家很穷，大哥知道情况后，对我母亲说：“叔娘，算了吧，他家很穷，要赔只能卖掉小牛来赔啊！可小牛是人家的命根子呢！”经大哥劝说，母亲也就罢了。大哥就是这样一个通情达理、心地善良的人。

可就是这样一个好人，在婚姻问题上却屡屡受挫。全家人都为此伤透了心，大哥也为这事几乎上吊自杀丧命。20世纪50年代初，大哥从部队转业回来，已经二十五六岁，正是成婚的年龄，当时家里穷，没有房子，也没有钱，经人介绍了好几个姑娘，都没谈成。有一次，一位远房亲戚介绍一个邻村的姑娘和大哥认识，姑娘对大哥印象很不错，满口答应了，便开始交往。可是姑娘的父母知道大哥的家底后，坚决反对这门婚事，结果他俩不欢而散。这事对大哥打击很大，伤了他的自尊心。打那以后，每当家里人一向他提结婚的事，他就发火说：“我的事用不着你们管！”

大伯是个脾气非常暴躁的人，家里的人都很怕他。唯独大哥不怕他，有时还敢和大伯顶撞几句，并据理相争。大伯常想以父亲的威严压服他，可对大哥却不管用，大哥总是心平气和地和他讲道理、摆事实，有时说得大伯哑口无言，气急败坏要打人，大哥才逃跑。我们兄弟都把大哥当作保护伞、安全岛，每每遇到大伯发火骂人、打人时，就跑到大哥身边躲起来，才免遭那皮肉之痛。

后来，大伯为大哥的婚事经常教训大哥，他不顾大哥的心情和苦恼，无端指责说大哥好高骛远、东挑西拣，说大哥不听话、不争气……这些话，像一把盐撒在大哥的心口，令他十分难受。祖母为大哥的婚事操碎了心，经常托媒人为大哥介绍对象，可大哥都不予理睬。一次，有人给大哥介绍了一个姑娘，这姑娘和大哥认识，各方面条件还不错，又经祖母再三劝说，大哥答应去和她见面。

那天祖母早早起来给大哥煮稀饭，让他吃了好去和那姑娘相亲。大哥吃了早餐，换了套新衣服，正想出门，突然听到屋外的大树上有一只鸟咕咕地叫。大哥惊了一下，对祖母说："奶奶，你听这鸟叫得很古怪，今天出门可能不吉利！明天再去吧！"祖母说："这鸟经常这样叫的，不碍事！"经祖母劝说，大哥还是出门了。可是半个小时后，他又回来了。祖母问他原因，大哥说："我走到村头的路上，突然跌了一跤，看来今天出门不吉利，还是不去了！"就这样，他又误了这次相亲。结果那姑娘等了老半天不见人影，气跑了。

人世间，选择妻子就好像制订作战计划，一旦失败，就会抱憾终身。大哥的婚姻经过几次失败之后，他感到绝望了。他整个人都消沉起来，很少和人打交道，总是独来独往。大家都为他担心。

一天下午，我放学回来，见家里挤满了人，便问姐姐出了什么事。姐姐说："大哥在楼上屋梁上吊自杀，幸亏四叔发现得早，抢救过来了。"我要挤上楼去看看大哥，可大人们不让。我只好焦急地在屋里打转，询问姐姐到底是怎么回事。姐姐拉我到房间里，小声告诉我事情的经过：早上大哥和大伯吵了一架，就一直躲在楼上，我们以为他和大伯怄气，不愿下楼，就不理他。中午四叔去赶集买油盐，走到半路，一摸口袋，发现没带钱，赶忙跑回家取钱。刚进房间，突然听见楼上有一种奇怪的声音呼噜呼噜地响，四叔爬上楼，凭着微弱的光线，发现大哥上吊自杀。四叔一个箭步上前，割断绳子，把大哥抱下，平放在楼板上，然后叫姐姐快去找人抢救。说来也巧，姐姐一出门，就碰上村校的吴老师。吴老师急忙爬上楼，他懂得一些急救知识，赶紧为大哥做人工呼吸，大哥才慢慢苏醒过来。末了，姐姐说："大哥是个好人，老天爷不会收他的！"

大哥好几天都住在楼上不肯下来，都是我送饭给他吃的。我问他为什么要这样，他说："你娃仔家不懂，以后就知道了！"后来我不再问此事。过了不久，我才从母亲那里知道，大哥因为结婚的事和大伯吵架，大伯说大哥枉活在世上，连个老婆都讨不了，丢了家人的脸，叫他在村里难做人。大哥一时想不通，便去做傻事。这件事后，祖母狠狠地骂了大伯一顿，说："不是你儿子讨不了老婆，而是你做父亲的没有本事让他讨老婆。不是他丢了你的脸，是你自己丢自己的脸。你整天光顾自己喝酒，对他们兄弟只会打骂，从来不关心……"大伯知道自己理亏了，自此慢慢地对大哥好起来。

大哥一直到四十多岁才结婚。那时家境已经好转，他也参加工作，当了国家干部。结婚那年，我正上初中。第一次参加兄长的婚礼，婚礼办得很隆重，我们家和他家都摆满了酒席。大哥人缘好，来了很多亲朋好友。那几天是我们兄弟姐妹最快乐的日子。大嫂是个汉族人，个头不高，但长得很漂亮，是个很勤快、很和气的人，比大哥小十几岁。听说也是经人介绍的，他们一见钟情。她不嫌他年纪大，图他人品好，有文化，体贴人，因此很快就订了婚。随后家里人便着手为他们筹办婚事。我们那里凡是喜事都要对歌，而且通宵达旦。记得那天晚上，女方送嫁来了不少歌手，和我们请来的歌手，吃完晚饭便开始对唱起来，唱得十分热闹。

女的唱：

青春年华一枝花，
几多蝴蝶想采她，
心中有爱花才开，
如今鲜花插你家。

男的唱：

男人女人都是人，
有情有意有缘分，
红花女子嫁阿哥，
铁骨汉子有柔情。

女的唱：

男女地位都平等，
水缸装水一样平，
天下男人兄弟辈，
天下女子姐妹亲。

男的唱：

大海中间撒红豆，
几多信任在心头，
大风吹妹妹不走，
大浪推哥哥不丢。

双方就这样唱了一个通宵，不分胜负。那时候，我的年纪还小，大体知道歌词的意思，但弄不明白大人们为什么对唱歌那么有兴趣。后来，我才懂得他们是把很多情感都寄托在对歌之中。大哥从来不参加对歌，可他喜欢听歌，有时还为一方编歌词。大家都说大哥是后台歌师。

大哥结婚后，便搬到县城他的工作单位住，很少回来了。后来，他调到一个水电站当站长，他们全家又搬去电站住，离我们更远了。我大学毕业回县里工作，下乡路过电站，常去看望他。大嫂生了三个男孩和一个女儿，都很聪明，如今也都成家了。可遗憾的是，当他的儿女成家立业之后，他却积劳成疾，刚过古稀之年就病逝了。他去世时，我正在外地出差，赶不回来见他最后一面，感到万分内疚和悲痛！

为了悼念大哥，我写了一首小诗：“自古婚姻是桥梁，千里有缘来拜堂；两人世界不孤寂，逢难遇险共思量；长兄婚姻多磨难，终于找到安乐乡；千辛万苦筑小巢，可惜早逝升天堂！”大哥的婚姻尽管比较曲折，但最后他在美满的婚姻中走完了一生。有哲人说：“婚姻是完整人生的精髓。”我在大哥的婚姻生活中感悟良多。

英魂永存的二哥

有的人还活着，但已经死去；有的人已经死去，但还活着。二哥遇难时才三十出头。虽然他离开我们已经几十个年头了，但他的英魂，还一直留在我的心里，每每想到二哥，我都万分悲痛，倍感惋惜。儿时和他相处的日子还历历在目。

二哥是我大伯的二儿子，按照家族兄弟排行，他也是老二，我是老三。他小时候因家境贫寒，兄弟姐妹多，大伯把他卖给别人家做儿子。直到新中国成立，他知道了自己的身世后，毅然告别养父、养母，回到我们这个大家庭里，这时我才知道我们还有个二哥。从那时候起，我们朝夕相处。他比我年长十几岁，我很多事都跟着他做，很多理都跟着他学。我们不是同胞兄弟，胜似同胞兄弟。

祖父有些文化，在离家几十里远的山里当私塾教师，40 多岁时，在回家途中遇上强盗，跳到冷水潭里躲避，回来后得了一场重病，早早去世，留下祖母艰难地生活，把我父亲四兄弟拉扯成人。当时，一大家子人，只有一栋两厢一堂的砖瓦平房，老老少少挤住在一起。

大哥、二哥常常到别人家搭铺过夜，他们到了成婚年龄时，都因为家里贫困，没有住房，迟迟不能结婚。二哥是个通情达理、很能克制自己的人。他人长得很高，很健壮，当时不少姑娘都看上了他，村里的人也登门做媒。但他因家里穷，从不和别人提起恋爱婚姻的事。一直到土改后，大伯分得了房子，兄弟才分了家。

二哥初中没毕业就回家务农了。他在学校成绩很好，篮球打得也很不错，还写得一手很漂亮的钢笔字和毛笔字。我上初中时，钢笔字写得很差，常被二哥批评，他说："字是外才，知识是内才，给人的第一印象是外才，所以一定要把字练好、写好！"打那时候起，我便开始练字，常拿二哥的字当字帖临摹。今天，我能写点书法，与二哥的指点、帮助有很大关系。

大伯是个脾气十分暴躁的人，我们兄弟姐妹都很怕他。在这个大家庭里，他是绝对权威。不管祖母还是兄弟间，不管男的女的，不管大人小孩，他动辄破口大骂，重则动手打人，而且下手很重。记得有一次，二哥带我到后山去捉麻雀，捉着捉着，竟忘了回家吃饭。傍晚，当我们提着一笼子麻雀高高兴兴回到家时，只见大伯站在大门口，手里拿着一根竹鞭，满脸横肉，大声呵斥："你们还知道回来？玩饱了，玩疯了，就别回了嘛！看我怎么收拾你们！"说着就要举鞭打下来，二哥挡住我，大声地对大伯说："和荣康没关系，是我带他出去玩的，要打就打我吧！……”没等二哥把话说完，大伯的鞭子已经抽在他身上，我见状大哭起来。这时家里人都围上来，祖母把大伯手中的鞭子夺下来，他仍不放过二哥，举起手又是几个巴掌，打得二哥鼻子流出鲜血。到这时，大伯还恨恨地说：“今夜不给他们饭吃！”祖母见到这般情况，指着大伯大骂：“你是把他当根木头打呀！把孩子打成这样，还不够吗？你的心也太狠了！”祖母说着两只手一边一个把我们牵进屋里，打了盆水给二哥洗掉鼻子上的血迹。刚洗到一半，大伯冲上前，夺过脸盆，摔到地上，水洒了一地，还要罚二哥跪下认错。倔强的二哥一声不吭，一滴眼泪也不掉，死活不肯跪下。

全家人都吃饭时，我们仍不得入座。二哥一气之下，瞪了大伯一眼跑出去了。他在田地里游荡了很久，打算在一个柴草堆里过夜，后来是我偷偷地带着几个红薯给他才算填了填肚子。我劝他回家，可他死活不肯。那天晚上，我们在一个远房亲戚家住了一夜。对这件事我印象非常深刻，我第一次看见二哥敢于对抗自己粗暴、蛮不讲理、不近人情的父亲。我暗暗地佩服他的勇气和胆量，欣赏他那男子汉倔强的性格，并因他为人做事敢作敢当的品格而感动。村里的年轻人都说，二哥是一个真正的男子汉。

二哥到了参军的年龄，他没有跟家里人说一声，就毅然报名参军。经过体检等程序，直到通知书寄到家里，家里人才知道他参军的事。那时我正上初中，二哥到部队后很快给我写了封信，介绍部队生活情况，鼓励我好好学习，争取上大学。他说：“我们这个家族的希望就看你了，要为民族争光，为家族争气！”那年我顺利考上了高中。二哥在部队几年，我们常常书信往来。每每看到他那秀气刚劲的字迹，读着他明快流畅的文字，我心里暗暗在想，二哥是一个很有才气的人，可惜失掉了升学的机会。有人说，命运是一个瞎眼的、喜怒无常的保姆，她对她所抚养的孩子常常是毫无选择地慷慨施恩或随意施虐。二哥得到的是不公平的命运，我时时从心底里为他鸣不平。

他在部队待了三年便复员回来。不久县武警中队扩编，他被招去了，又穿上军装，在武警中队干了不到一年，就转到县公安局，在东门镇派出所当民警。当时，当地农村赌博之风盛行，严重影响社会治安。二哥经常深更半夜出警到一些村寨、地头、岩洞抓赌，因为他地熟、人熟、情况熟，干得很漂亮，每次出警都有战果。因此他在县城方圆十村八寨很有名气，赌徒们闻风丧胆，只要他一出面，赌徒们就不敢贸然开场。一些赌徒对二哥也恨之入骨，经常放出话来，要报复二哥。全家人都很担心，可他一点儿也不害怕。他常说：“正气总会压倒邪气，怕什么？”就这样，县公安局坚持抓了一两年，县城周围的村寨刹住了赌风。后来，二哥被提拔为派出所副所长。

还有一件事，我的印象也很深刻。大概是20世纪50年代中期，我们家乡大山里还闹土匪，后来经过武警和民兵联合围剿，把一个土匪头子抓获了。为了扩大影响，县里决定把土匪头子押送到一个水利工地上进行公开审判。这个水利工地离县城三十多公里，都是山路，地形复杂，而且山里还残留着一些散匪。县公安局决定派二十名全副武装的干警押送，二哥是押送土匪头子的领队之一，我们都为他捏了一把汗。走时他对我说："这次进山，可能要和散匪打一仗，敌人在暗处，我们在明处，很难防卫，万一出了什么事，叫家里人不要难过……"当时听到这句话，我心里很紧张，很担心，劝他一定要小心。他笑着说："我们已经做好了充分的准备，一定会顺利完成任务。"那几天，全家人都提心吊胆地等二哥的消息。果真如此，由于他们做了充分的思想准备和广泛的宣传工作，沿途干部群众和武装民兵都主动出来站岗放哨，散匪们不敢贸然出动。干警们顺利地把土匪押送到水利工地进行公审，大快人心。后来，他们小分队受到县委、县政府的嘉奖。那时，我真为有这样的哥哥感到自豪，被二哥这种忠于职守、奋不顾身、不畏牺牲的精神深深打动。他的品质和为人在县里都传为美谈。

20 世纪 60 年代我考取了中南民族学院。我上学时，二哥送给我一支他用过的旧钢笔，说是让我经常练字。到学校以后，我第一封信就写给二哥，告诉他学校的情况。他马上回信说："你是我们家族的第一个大学生，大家都为你高兴，希望你好好学习，对得起党的培养，家族的厚望……"我一直把这封信珍藏着。以后我们一直有书信往来。后来在"文化大革命"期间，时局变化大，通信有困难，我们兄弟才中断了联系。

1966 年武汉形势很乱、很紧张，课也上不成，书也看不下，同学间也分了派别，人身安全难以保证，我便偷偷跑回老家躲避起来。当时家乡也是一片混乱。二哥告诉我，千万别到处乱跑，也不要参与派别活动，老老实实在家看书，帮家里人做些农活。我照二哥的话做了。一个月后，听说学校要"复课闹革命"，我决定返回学校。因为那时社会治安很乱，二哥要亲自护送我到宜山上火车，我坚持不肯，听说同路的还有三四位老乡，他才放心。万万没有想到，这竟成了我们兄弟最后一次见面。那年 7 月，二哥在一次制止两派武斗的行动中，被冷枪打中胸部身亡。我听到二哥不幸牺牲的消息，万分悲痛，整整哭了一个晚上。半夜我在蚊帐里打着手电筒写下了这样一首诗："南国突然起风云，噩耗传来兄牺牲，正似天崩地又裂，可恨长天没眼睛，英年早逝断忠魂，山乡永驻兄英灵！"表达了我对二哥的悼念之情。

二哥去世已经多年了，他短暂的一生，留给我很多宝贵的东西。他的为人处世，他对事业的执着，对群众的真情实感，对党的赤胆忠诚，无不深深地铭记在我心里，成为我的楷模。我常用文天祥《过零丁洋》中的诗句告诫家里的晚辈："人生自古谁无死，留取丹心照汗青。"死是伟大的终结，终极的旅程；它也是生命的延续，活在活着的人们的心里。我们要继承二哥的优秀品质和可贵的精神，去创造更加美好的生活，更加灿烂的明天！

二哥，安息吧！

二姐心中的歌

沧桑巨变六十三，
崛起中华立泰山。
民富国强图乐业，
飞船揽月敢巡天。
劈波航母驶蓝海，
射弹扬威倭寇寒。
锦绣山川如画美，
辉煌再创谱新篇。

这是二姐潘荣莲2012年国庆节写的一首歌，收在她的《古稀心曲》集子里。每当我翻阅她这本厚达五百多页的山歌诗词集时，心情都有一种无以言状的激动。二姐是一个普普通通的山乡女教师，这是她几十年如一日，不懈追求辛勤笔耕的丰硕成果，是她一生永远吟唱的心中的歌！

我们仫佬族是一个能歌善舞的民族，在仫佬山乡无处没有歌，无事不唱歌，无人不会歌！山歌是仫佬人生活、生产、生命的必需，人们用山歌赞美生活，传递感情，颂扬真善美，鞭挞假丑恶。我母亲是方圆十里八寨小有名气的山歌手，能编会唱，凡她参加的对歌，没有不赢的。我们兄弟姐妹几乎都承传了母亲能唱会编山歌的基因。二姐年幼时就常听母亲和别人对歌，耳濡目染，上学后便爱好编些山歌，后来当了老师，便经常给学校墙报写山歌，为村里节日联欢晚会写节目。

我 4 岁就开始上学。二姐 1941 年出生，比我大三岁，她上学比较晚，我们同在一所学校一个年级读书。她的成绩一直都比我好，初中毕业时她本来可以考高中的，因家里负担不起两个人上高中的学费，父亲让她报考中专，结果她以高分考取了桂林民族师范学校。毕业后，她被分配回罗城东门小学当老师，当时刚满 18 岁。她工作认真负责，学习刻苦，待人真诚，在校师生关系很好，深受学生们爱戴。结婚之后，她随姐夫调到融水苗族自治县，仍然做教师，在苗乡一干就是三十多年。她有四个孩子，三个儿子都上了大学，其中老三清华大学毕业。那些年，二姐夫在学校当领导，工作很忙，二姐一边教书，一边独自操持家务，起早贪黑，照顾孩子们，靠夫妻微薄的工资维持生活。工作和生活条件都十分艰苦。在这种情况下，二姐没有放弃提高自己，仍坚持参加高等教育自学考试，攻读汉语言专业，功夫不负有心人，1987 年二姐终于拿到广西师范大学毕业证，获得本科文凭，后被评为中学高级教师。苦难是磨炼意志的最好课堂。二姐在她的《苦乐年华》中的山歌中写道：

人生怎能无风险，
苦乐人生意志坚；
苦尽甜来万事兴，
百折不挠笑开颜。

辣如刀刺在舌尖，
人生苦难痛心间；
千辛万苦成功路，
茹苦含辛谱新篇。

她用自己平凡的亲身经历，悟出了深刻的人生哲理。人生之路在每个人的脚下展开，但是，几乎没有一个人能笔直地走完。人生就是同生活的惊涛骇浪搏斗，而不是悠闲地旅行。没有付出就没有收获。

我们仫佬族的生活习惯和语言与苗族差别很大。二姐长期在大苗山工作和生活，她把大苗山当作第二故乡，与苗族兄弟姐妹情同手足，学苗话，过苗家节，唱苗族歌，完全融进了苗家生活。她写了很多歌颂苗乡的山歌和诗词。《苗乡情怀》中有几首十分感人的歌：

苗寨木楼吊脚悬，
木楼座座半山间。
狩猎阿哥笙婉脆，
苗家好客酒杯先。

四季花香香味净，
周遭鸟语语声甜。
亲朋好友情浓重，
相访苗家把手牵。

三月春风似剪刀，
裁成杨柳一条条。
白鹅浮水江河绿，

紫燕衔泥天地高。

细雨霏霏浇嫩叶，
柔情脉脉展歌谣。
是谁彩笔新挥手，
将我苗乡景色描。

这浓浓的民族情和对苗乡的深厚情感恰似一幅水墨画。

当年我们一家九口人，地少人多，全靠父母亲种几亩田地过日子。后来搞集体化生产，也靠父母亲挣工分养活一家，生活十分困难。二姐年龄稍大点，便做父母亲的帮手。记得上初中时，二姐白天上学，晚上做完作业，就在月光下用禾秆子编成扇子，第二天拿到街上卖，每次可赚几角钱补贴家用。每逢星期天和节假日，二姐都回家帮忙，插秧、挑粪、种菜、刮玉米样样能干。我们兄弟姐妹的衣服裤子，都是大的穿，短了破了缝缝补补，小的接着穿。二姐的一件棉袄我一直穿到上大学。后来我们兄弟姐妹长大了，都参加工作了，生活才大大改善。吃得苦中苦，方知甜中甜。二姐是一个生在旧社会长在红旗下，沐浴着党的雨露阳光成长起来的少数民族教育工作者，是新中国发展壮大的亲历者、见证者，对党、对社会主义祖国无比地热爱。每逢国庆、党的生日她都有感而发，写下不少诗篇，抒情怀，表心声，感党恩。记得那年党的八十华诞，她写了首《七一感慨》发给我，表达了她歌颂党的热忱：

横空巨斧斗刀枪，
怒将弯刀斩虎狼。
热血惊天悲壮士，
豪歌撼地动汪洋。
风流信于安天下，
盛世凌云震四方。
但求后辈多贤士，
江山一统万年长。

1996 年执教三十七年的二姐退休，开始了她人生的老年生活。后来姐夫因病去世，她万分悲痛。但二姐并没有丧失生活的勇气，很快从悲伤中解脱出来。她性格开朗，与人为善，朋友多。她还在网上建了个“融城友谊群”，自告奋勇当群主，在群里经常交流学习心得、人生感悟、诗作新篇。她常与人结伴旅游，游山玩水，饱览祖国大好风光，参观名胜古迹、红色文旅景点，她将所有感想、感觉、感悟都流诸笔端。她写了不少散文游记，有时一口气就写下十来首诗词。有一次她随旅游团玩了十来天，别人都买了不少土特产，她什么东西都不买，却写了《旅游拾趣》，在《蜀行抒怀》中写道：

载我长龙趁夜翔，
邀朋千里到长江。
悠悠天地何其远，
滚滚风尘岂不忙。
道是三江观蜀水，
恍然一梦是他乡。
旅游艰苦身为客，
漫步天涯走四方。

她登黄鹤楼别有一番感受。在《登黄鹤楼》中是这样写的：

喜登黄鹤看飞舟，
饱览长江景尽收。
昔日仙人无复返，
此时旅客有闲游。

龟蛇近识青山路，
楼阁远寻云梦洲。
三峡借来千顷水，
乘风踏浪向东流。

旅友们都赞叹地说：“潘老师每次出来旅游，不讲物质享受，重在精神收获！”她半开玩笑地回答：“人各有志，我们追求不一样罢了！”2012年她出版了第一本散文诗歌集《夕阳织锦》，在融水苗族自治县教育界引起蛮大反响！

二姐对民歌诗词的爱好炽热而执着。她很有这方面的天赋，特别是参加工作之后，一有空闲时间，就编山歌，写诗词。只要听说学校和村里搞文艺晚会，她就自告奋勇地编写节目。记得那年我们约好一起回老家过年，得知村里也要搞“春晚”，她很高兴，连夜写了十二首山歌给村里的姑娘们唱，村委会的领导对她说，太匆忙了，排练赶不及，节目不好安排。她执意说，如果排练不了，我自己上台朗诵。为了遂二姐的心愿，村委领导还是做了最后的通融。记得她的节目叫《歌唱凤立村新气象》，其中有几首山歌我记忆犹新：

凤立山上绿幽幽，
凤凰山下开歌喉；
凤凰展翅把歌唱，
凤立村庄好事稠。

山村新貌眼里留，
低矮瓦屋变高楼；
凤立村人劲头大，
脱贫致富争上游。

清华学子我村有，
我村才子遍九州；
读书传统好风气，
状元之村美名留。

饮水思源不忘本，
永远感谢党的恩；
蓝图绘在民心上，
社会主义新农村。

二姐的山歌唱出了仫佬人民的共同心声！

有一年清明节，我回家扫墓。晚上我们一家人围坐在一个大圆桌边涮火锅。酒过三巡，二姐很认真地问我：“老弟，我和大姐这些年编了很多山歌，大家都鼓励我们出版一本土香土色的山歌集，传承给年轻人，你看行不行？”我当即回答：“行啊！现在就需要这种原生态的山歌，原汁原味！”姐姐们听后高兴极了，说：“我们会很快整理出来交给你，你可好好为我们把把关！”我满口答应了。

几个月后，二姐专程到南宁，把一叠厚厚的稿子交给我，并说：“这是我们几十年的心血。把这些山歌诗词出版成书是我们这辈子的心愿！你一定帮姐姐们了却这个心愿啊！”我安慰她：“二姐，你放心吧！阿弟一定好好帮你们出好这本书！”我花了几个晚上的时间看完全部书稿。我万万没有想到，两个姐姐这些年来不知花费多少心血，写下了这许多山歌，尤其是二姐，还创作了不少律诗、自由诗体和散文。这本多达二十余万字、五百三十多页的山歌诗词集，共分十八个部分，内容涉及恩情、乡情、爱情、亲情以及对生活、生命、人生的感悟，可谓丰富多彩。大姐编的部分，由于她识字不多，有些字音是用别字代替的，经过二姐一番修正，虽不一定押韵，但山歌的味道浓厚，通俗质朴。大姐、二姐都已过古稀之年，我为她们的集子题名《古稀心曲》，并做了序。在序中写道：“我深深为姐姐们的民歌天赋和对山歌执着追求的精神所感动。尽管集子中有一些技巧上的不足，却不能影响集子中思想认识方面的慑人的光芒，也无伤于作者展露的山歌才华。从整体上看，我有理由向读者说，作为普通农民和普通教师，能写出这样的山歌诗词集，实属惊人之作！”后来集子交由广西民族出版社出版。次年春节，姐姐们把这本书当作新年的珍贵礼物送给亲戚朋友，大家都纷纷赞扬！

2017 年 9 月，二姐参加柳州市迎国庆山歌赛，在赛场突然昏倒，几天后我才得知这消息。那天我和在南宁的弟妹赶去柳州，见到二姐时她已醒过来。医生告诉我们，二姐是因脑干出血昏倒，幸亏及时送来医院，经抢救目前已无生命危险。脑干出血十个有九个救不活，二姐奇迹般地活下来了，是不幸中的万幸！后来她稍好便转到柳钢医院康复。一年后，我第二次见到二姐时，她可以说话了，但行动不方便，只能坐轮椅在楼下走走。尽管这样她头脑还很清醒，她写的山歌诗词有些还能背诵出来！二姐生病瘫痪至今已近五年，每次去探望，她都喋喋不休地讲她如何写歌，如何为村里春晚写节目，她布满皱纹的脸上带着笑容，看得出很有成就感。

文贵高洁，诗尚清真。诗必须有一种特质，这个特质就是“真”，即真实、真情、真心、真诚。纵观二姐的诗歌作品，都写得真真切切，每首山歌和诗词都是自己的真实体验的结晶，语言、情境、情感浸透了她的真诚，从朴素的情感到追求理想的境界，都是她切身的体会感悟，都是她从心灵深处迸发出来的，自然、真诚、真实，彰显出感恩之心、感悟之意、感激之情。特别是通俗歌谣，以叙事技巧来说，没有受过专业训练的人往往比受过专业训练的人更为高明。诗和歌，涌自心底真正的诗和歌，不完全关乎有旋律的措辞，和每个写诗歌的人心灵深处的感情相关。诗歌是一团火，在人的灵魂里燃烧，这火燃烧着，发热发光！诗歌是至上的幸福，至善的精神，至高的思想。

二姐躺在床上，再也不能下地行走了，但她头脑还很清醒，一有人去探望，她都少不了念叨她心中的歌。每想起她那情不自禁歌唱的模样，我早就想为她写点什么，但一直没有动笔。疫情期间和她大女儿通了个电话，得知她病情已经加重，但又不能去探视她。晚上，我便一气呵成写下这篇文章，算是给躺在病榻上的二姐以精神上的安慰！

人的生命之路是短暂的，但总是依靠无限的精神力量砥砺前行，二姐不在了，但二姐唱的那些歌依然在我耳边回响。

心正则笔正的八叔

我在整理书房时，无意中找到了八叔潘代禄书写的《书法诗词集锦》书稿。记得那年，他从老家打电话给我，说这几年写了不少诗词书法作品，打算精选一百多幅，汇编成册出版，寄一本样稿给我，希望我收到后，能为他的书法集写个序，我在电话里满口答应。可是，不知是邮寄中间出了问题，还是他邮寄地址没写对，我一直没收到。后经查找，是地址没写清，转了好几个弯才到我手上。不幸的是，没等书法集出版，八叔就因病逝世了，《书法诗词集锦》便没法出版，他临终前也没有了却这个心愿。我每每想起这件事心中就感到无比的悲痛与懊悔！

那天我细细地欣赏着八叔的书法作品，眼前闪现出往昔我们童年时相处的情景。其实八叔年纪比我大不了多少，因为我们仫佬族讲究辈分，按家族辈分排行，我们通常叫他八叔。他个头比较高大，儿时经常带我们上山打鸟，下河抓鱼捞虾，夜间打着火把找螃蟹、捡田螺。他个性直率，爱打抱不平，助人为乐。别看他手脚粗壮，却很灵巧，是一位多才多艺的仫佬人。他自幼就热爱书法、绘画、吹拉弹唱，虽然没有经过什么专业学校的学习培训，可他的书画和弦乐弹唱在仫佬山乡小有名气。20 世纪 90 年代中央电视台“夕阳红”栏目对他做过专题采访，还播放了他的书画作品。2008 年，在全国第四届“感动人生”老年书法大赛中，他的作品获得一等奖。周围十里八寨的人们都称他是民间艺人，仫佬族书家。

八叔很有书画艺术天赋，他练书法从未拜师，只是私下临帖，自成一体，在县里可是一绝。他可在墙上、石头上、地面上，不用划格子，直接用排笔书写大字，而且非常整齐、美观，那些年县城的大小标语几乎都是他写的。村里凡逢年过节和婚丧大事，他都去帮着写对联。那时我在县城读书，常去看八叔在墙上写标语。他趴在梯子上，右手紧握那支大排笔，左手提着红颜料桶，双目灼灼，神采飞扬，凝视笔端，运气运力，好像把全身的劲都集中在中指和食指之间，然后屏住呼吸，悬腕下笔，唰唰唰，刚劲有力、横轻竖重、结构紧密、字体方正的楷书便跃然墙上，真可谓妙笔生花！

纵观八叔的书法，很有功底，字里行间，可以证实笔下之妙与拙，不在于才，而在于工，即便你有天赋，如果终年搁笔不练，也不会把字写得如此流畅而刚劲有力。细品八叔的字，看得出他临柳公权、唐伯虎、郑板桥的帖很下功夫，长年累月，以帖为貌，以碑为骨，行走于三个名家之间，又独具自己的风格，殊为难得。他的《书法诗词集锦》以书唐代诗词为主，其中不乏人生哲理名句，行书、草书都信笔书来，潇洒纵逸，又不失传统书法之规律与笔风。这也许便是我们如今倡导的八桂书风的范例吧！

书家的成熟与书家丰富的人生阅历同步，成功的书家要有洞察世事的智慧和对人生深刻的感悟。只有经历生活的磨砺，方能悟出书法的真谛，达到艺术的最高境界。八叔是土生土长的仫佬人，从小就生活在仫佬山乡这片热土上，他热爱故乡的一山一水、一草一木，熟悉仫佬族的生活习俗和文化。他高中毕业没有机会上大学，后随父母从农村迁到县城定居，因他有书法和美术的特长，被招进县文工团搞舞美、乐队和电影美工，成为正式职工。他也曾下海经商，可那不是他之所长，生意不景气，最后还是回家承其父业给人镶牙。不管从事何业，生活在何处，他都从不丢弃书法，勤于笔耕。《书法诗词集锦》便是他近古稀之年创作的成果。八叔一生勤练书法，且颇有成就，但没有轰轰烈烈过，鲜为人知。他从不以书法求名图利，他觉得古老的书法艺术，得以在社会生活和工作中广泛应用，无疑是书法爱好者一种莫大的精神安慰和应尽的义务，因此受到人们的钦佩和敬重。

古人云，字如其人，字不瞒人。书法与书家的境界有紧密的联系，观赏一幅书法作品，往往能看到书家的风度、风格和风尚。柳公权说“心正则笔正”。人品决定艺品，立艺先立德。书家只有具备崇高的人生境界，淡泊名利，上善若水，保持高尚的道德情操，才能成为名副其实的书家。现今书法界倡导“写端端正正中国字，做堂堂正正中国人”，这表达了我们对书写汉字应有的态度，也说明了做人的原则。八叔虽不是书法大家，但从他一生对书法的理解与认识，可以看到一个普通书家的思想境界和品行修养，这让我们深思与感慨！

书法艺术是中华民族丰富的文化宝库中的瑰宝，理当使它世世代代焕发光华。八叔已经走了，不能久留世间。当今千千万万书法家及书法爱好者正茁壮成长，他们重行为修养、恪守道德底线、树君子之风、养浩然正气，用手中的笔为实现中华民族伟大复兴之梦贡献力量！若看到这生机盎然、充满活力的书坛景象，已故的正直、高尚、纯洁、追求德艺双馨的书坛前辈，都会瞑目，安息！

仫佬族之骄子潘国雄

国雄大哥不在了。还记得那天早晨，我和往常一样早早起来散步晨练，突然手机响起来，打开一看，是远在北京的侄女小梅发来的信息："叔叔，我父亲已于今天早上五点走了！"当时我一下子就蒙了，心里一团糟，沉浸在悲痛之中。当天晚上我一个人坐在书桌前，想写篇悼念他的文章，可是望着面前摊开的稿纸，却写不出一句话。我痛苦地想，国雄大哥的去世让仫佬山乡失去了第一代仫佬族大学生，让国家失去了一个优秀的科技人才，让我们家族失去了一个才华横溢的亲人！万分悲哀之下，理不出一个头绪来。我索性放下笔，什么也不写了。

几年过去了，我的心情早已平静下来。清理了一下多年的书信，发现国雄大哥给我写过好几封书信，其中一封是 2003 年写的："潘琦弟，这次回来参加宜高同学聚会，看到家乡的变化，内心里涌现出难以表达的兴奋。记得我小时候，看见村里春鸾家大门上挂着那块'进士'的牌匾，内心有一种兴奋的情绪，它是一种为我们家族、民族感到无比荣耀的心境……”字里行间，看得出他从小就有一种为国家、为民族争光的雄心壮志。这些书信让我想起许多他的往事。

我们的家族按辈分排行。潘国雄1936年出生，比我大八岁，我通常叫他大哥。我上小学时，他在宜山读高中，很少见面。但他读书刻苦用功，在学校里聪明过人，成绩拔尖的传闻，令我从心底里钦佩他。村里的年轻人也都以他为榜样，决心好好读书，走出大山，成就自己，报效国家。他1955年以优异成绩考取北京大学物理系，成为新中国仫佬族第一代大学生，当时轰动整个仫佬山乡。1962年他大学毕业，被分配到中国科学院半导体研究所从事科研工作，从此与中国的高新技术的研究、开发、利用结下了不解之缘。

一个出生于大山里的仫佬族儿子，凭着自己纯洁的爱国之心、民族之情，以超凡的才智和毅力，在20世纪60年代就投身于国家高精尖科技项目的研究，极不寻常，难能可贵！

有人才专家认为，如果一个人被摆到了合适的位置上，他的潜在智慧便会创造出更多的奇迹。刚刚走上科研岗位的潘国雄，在研究所里受到重视，他参与了中国第一支平面晶体的研制、中国第一块集成电路的测试与开发，此两项成果均获国家科技大奖。后来他参与中国第一台机载计算机所需要的集成电路器件的研制和生产，并担任电路测试组负责人。他还先后参与国家大型高速计算机的新型器件的研制，其研究成果得到钱学森、朱光亚等科学家的肯定。

他刻苦钻研，谨慎求证，认真负责。20 世纪 70 年代后期，他参与了耿氏器件畴雪崩弛豫振荡的研究，为解决大功率晶体管微波器提供了新途径，其研究处于国际领先水平。后来又让他专门从事半导体器件的计算模拟。1978 年，在耿氏器件静止畴的计算机模拟中，首次发现器件端电压提高到一定值，静止高场畴将转变为动态畴，这一计算机模拟得出的结论后来又为实验所证实。这一研究成果凝聚着潘国雄等优秀专家的汗水和心血，获中科院科研成果奖。

20 世纪 80 年代电子计算机技术刚开始使用，他立即转入微机软件的研究和开发，先后为国内多家大公司和企业研究应用软件。其中研制和开发的《时空医学诊治软件系统》在解放军总医院等六个单位使用，都得到好评。他曾担任过北京中联计算机系统工程公司总工程师，负责公司对东南亚、独联体等国家、地区和组织的计算机等电子产品的出品贸易。

在长期的科研实践中，国雄大哥不断总结实践经验并转化为理论学术成果。他先后在《中国科学》《半导体学报》《半导体通讯》等刊物发表研究成果以及论文、译文，是中国电子学会会员，中国仪器仪表学会计算机研究会成员。他把一生献给国家的科研事业，他丰硕的研究成果，丰富的研究论著是一份珍贵的财富。在科学技术迅速发展，各种新技术不断涌现的新时代，他那种坚韧不拔的研究精神，勇攀科学高峰的雄心壮志，永远是我们学习的榜样！

国雄大哥不到20岁便离开仫佬山乡，但他时时都牵挂着家乡的人们，关心、关注着家乡的建设。他常抽空回家乡走走看看，我和他偶有见面。他个子蛮高，长得富态，有学者气质。他还能讲一口流利的仫佬话，话不多，讲起来很有条理，语气平稳，时不时露出和蔼的笑容。他常给我们讲述小时候在村里生活的故事和在外面知道的奇人趣事。他说，有一次家乡有亲戚去北京，他带他们在天安门广场参观，都讲仫佬话，游客以为他们是外国人，问他们是哪国人，当他说明是广西仫佬族人时，游客们马上围过来，十分好奇地问这问那。这事对他触动很大，他常感慨地说，我们仫佬族要迈出广西，走向全国，冲向世界，一定要加大宣传力度，让国内外的人都了解仫佬族，一个封闭的民族是没有希望的民族！

作为老大哥，他十分关心年轻一代的成长，希望我们早日成才。他常叮嘱我们要好好读书，刻苦学习，做品学兼优的学生。

1963年我和他堂弟潘国强高中毕业，准备考大学。当时我们对考上大学信心不足，如何复习迎考？考什么学校？心里没有一点儿底。碰巧他从北京回家探亲，得知我们心中的迷茫，有一天他和七叔代业约我们一起去野游。那天清晨，我们沿着山乡崎岖的公路步行。3月的南国，阳光明媚，满目绿荫，惠风和畅，心旷神怡。一路上他俩不停地讲述自己考大学的经历，描绘大学里美好的学习和生活环境，绘声绘色地讲大学生活的故事，生动有趣，引人入胜，深深地打动和吸引着我们。末了，他鼓励我们，高考一定要有自信，有良好的心态，有充足的课业准备，考场上能正常发挥，做到了这些考上大学不是一件难事。过后我才感悟到，他是用这种方式指导和激励我们考大学，用心良苦啊！我的心里无比感激！在他的指导和鼓励下，那一年全县八十多名同学参加高考，共考上四名，我和潘国强分别被中南民族学院和华南工学院录取，成为仫佬族第三代大学生。这些事虽然已经过去几十年了，但我还记得清清楚楚。每当想到这些，我的心情依然十分激动，身上总有一股暖流。在国雄大哥身上，我深切地感受到了仫佬族人本质的真诚、天性的温厚、开阔的胸襟和质朴的亲情。

他很爱家乡。我到自治区工作以后，常去北京开会，每次在北京见面，他都问起家乡的事，一说起村里的人，讲起家乡的变化，他无限神往。对乡亲们的辛勤和吃苦耐劳他十分敬佩。每当家乡人去北京，不管是近邻还是远亲他都盛情接待。寒暄之后，他便嘱咐家人备好酒菜边吃边聊。嫂子是个贤惠大方、热情好客的北京人，从不嫌弃家乡的客人，每次都买很多北京特产，大包小包让乡亲们带回去。大哥的家庭是我见到的最和气的家庭，令人羡慕。

他退休那年写了封信给我："退休后，我便很少参加单位和社会活动，把更多的时间留给自己。我一直有看书学习的习惯，每天的时间都安排得很满。前段时间看了你写的《五彩八桂》一书，才知道家乡竟有如此丰富的旅游资源，有那么多山水风光自然美景，我要带你大嫂回去看看。待南池子街的四合院拆迁后，回家乡买个房子，在山清水秀的家乡安度晚年……”后来因他生病，这事没办成，但看得出他那一份浓浓的乡愁！

小梅告诉我，她父亲这一生工作勤勉，兢兢业业，事业上孜孜以求。她小时候，常常半夜醒来，还看见她父亲的房间还亮着灯。她说，老人家一生孜孜不倦，退休后，不甘寂寞过平庸生活，自学电脑各种制图软件、英语和摄影，真是“活到老，学到老”。老人常给她念叨一句话：“我做人，就要做最好的人！”而他正是用自己一生的勤奋与善良无私，努力践行着这句话！

天有不测风云，人有旦夕祸福。2008年的一天晚上，他和家人正在看电视，突然说话感到吃力，语句不清。嫂子觉得不对劲，立即叫车把他送到医院，送到医院时他已神志不清，当即被送进ICU病房。医生检查以后说老先生是突发脑出血，并当即下了病危通知书。在住院期间，医生告诉他家人，老先生即使这次能挺过来，最好的情况也是半身不遂，大嫂和小梅都十分担忧。但国雄大哥有着顽强的求生意志，从ICU转到普通病房后，病情逐步稳定。当医生看到他坐在病床上能自己削苹果时，都不禁啧啧称奇。

出院后，经过一两年的疗养，他的身体和大脑慢慢恢复正常，还奇迹般地带着大嫂到日本、韩国、新加坡等地旅游。他生病期间，我们村几位同宗亲戚专程去北京看望他。几年不见他苍老许多，脑梗的后遗症使他讲话不流利，步履蹒跚。但他仍努力与我们交谈，问长问短，话语依然中肯、热情、风趣。我们在宾馆里聊天，时值北国之春，满窗雪松，嫩芽露头，几缕春光从树丛中射入客房，气氛温暖、明朗、亲切。看着大哥的心情、心境、心态和当时身体恢复的状况，我们私下里揣测他会长寿。谁知道啊，2014 年他的病情恶化，逐渐显露出阿尔茨海默病的症状。医生看他的脑部核磁共振胶片时，发现他的脑沟回特别宽，就问家属病人是做什么工作的，并说只有用脑过度的人才出现这种情况。之后不久大哥便与世长辞！

生命之花的灿烂，正在于勇敢地绽放自己。要寻找生命的真实，需要的是勇于直面本然的生存状态，去选择、去创造。生命敢于承受超过其限度的负担，这本身就是一个胜利！国雄大哥的一生，是勤勉奋斗的一生，敢于创造的一生，无私奉献的一生，他的生命之花绽放出绚丽的光彩！

科技界一颗少数民族的巨星陨落了，一位仫佬族优秀的儿子悄然走了，我们家族失去了一个才华横溢的亲人！他是仫佬族的骄子，是广西人的骄傲。他让人们深深地敬仰，久久地怀念！